U0065035

張曼娟
·成語學堂II·

胖嘟嘟

張曼娟——策劃
高培耘——撰寫
林小杯——繪圖

十年一瞬間——學堂系列新版總序

張曼娟

常常在演講的時候，遇見一些年輕的讀者，他們從容自在的聆聽，意會的頷首，耐心等待著我為他們的書簽名，而後，像是要傾訴一個祕密那樣的靠近我，微笑著對我說：「曼娟老師，我是讀著【○○學堂】長大的。」【奇幻學堂】、【成語學堂】或是【唐詩學堂】就這樣被說出來，說的時候，帶著對於童年與成長的溫柔依戀。

啊！這一批孩子們已經長大了啊，他們看起來，都是很好的成年人了。也許不是念文學相關科系的，可是，他們一直保持著對於文字的敏感度，對於人情世故的理解。

「老師什麼時候要為我們這些小孩子寫書呢？」到現在，我依然能聽見最

初提出這個請求的那個女孩，對我說話的聲音。

而我確實是呼應了她的願望，開始創作並企劃一個又一個學堂系列。

以【奇幻學堂】為起點，我和幾位優秀的創作者：張維中、孫梓評、高培耘與黃羿瓅反覆的開會討論著，除了將古代經典的寶庫傳承給孩子，更想與他們一同走在成長的路上，不管是喜悅或失落；不管是相聚與離別，都是生命的課題，都那麼貴重，應該要被了解著、陪伴著，成為孩子心靈中恆常的暖色調。

這樣的發想和作品，獲得了許多家長、老師的認同，更令我們感到欣喜莫名的是，孩子們的真心喜愛。於是，接著而來的【成語學堂Ⅰ】、【成語學堂Ⅱ】和【唐詩學堂】也都獲得了熱烈回響。

十年之後，那個最初提議的女孩，化成許多個大孩子與小孩子，來到我的面前，與我微笑相認。讓我們知道，當初不只是古典新詮，更是探討孩子成長中各種情境的系列作品，有著這樣深刻的意義。

也是在演講的時候，常有家長詢問：「我的孩子考數學，演算題全對，但是一到應用題就完蛋了，他根本看不懂題目呀。到底該怎麼辦？」這是發生在許多成績優秀的孩子身上的悲劇。

「中文力」不僅能提升國語文程度，而是提升一切學科的基礎，這已經是陳腔濫調了。中文力，不僅是閱讀力，還有理解力與表達力。能不能看懂考題，在考試時拿高分，固然重要。然而，更大的隱憂卻是，應付考試，得到高分的歲月，只占了短短幾年，孩子們未來長長的人生，假若沒有足夠的理解與表達能力，他們將如何面對社會激烈的競爭？如何與他人建立良好的人際關係？這樣的擔憂與期望，才是我們十年來投入許多心血與時間，為孩子創作的初衷。

我們感知到孩子無邊無際的想像力，在成長中不斷消失，於是創作了【奇幻學堂】；察覺到孩子對成語的無感，只是機械式的運用，於是創作了【成語學堂】；發現到孩子對於美感和情感的領受，變得浮誇而淺薄，於是

創作了【唐詩學堂】。

十年，彷彿只在一瞬之間，許多孩子長大了，許多孩子正在成長，我們仍在創作的路上，以珍愛的心情，成為孩子最知心的陪伴。

目次

第三章

嘟嘟的隱藏版禮物

序

創作緣起

遙指夢裡村

張曼娟

《美女與野獸》的故事，並不是我聽來的，也不是讀來的，而是一張圖一張圖拼起來的。那年我約莫七、八歲，剛從午覺中醒來，卻還沒獲得起床許可的時光裡，常常，我和弟弟躺在父母親的大床上，翻閱著母親從教會領回來的、國外捐贈的書籍雜誌，打發時間。

有一本彩圖鮮亮飽滿的圖文書，上面的文字既不是中文，也不是英文（可能是德文或法文），其中的彩圖完全魅惑住我。一個父親與三個女兒，住在一幢簡陋的房子裡，父親背著包袱要出門了，他和三個女兒話別，最小的女兒親吻了他。接著便是回程時，父親遇見的風雨交加；一座陰森而華麗的古堡；滿桌豐盛的食物；花園裡開滿各種顏色的玫瑰花；父親伸手採下一朵鮮豔的玫瑰，剎時，天黑了，閃電打雷，一個可怕的怪獸出現，玫瑰驚恐的墜落在地上。

啊！我和弟弟一齊叫出聲，鑽進被子裡，又笑又叫。

故事書是國外捐贈來的，故事是自己拼出來的，但，那種樂趣是無可取代的。我們有自己的版本，關於野獸大變身的故事，或是偷取玫瑰的愛情故事，在半夢半醒之間，沒有電玩也沒有電視的歲月裡，一本無法閱讀的故事書，給了我們一座如夢似幻的村莊，成為我們最瘋狂的遊樂場。

如果真的有一個叫做「夢裡村」的地方，會讓我們的夢想實現嗎？會牽引著不可能的相逢嗎？會看見通往未來的階梯嗎？夢裡村的居民，應該就是一個又一個既年輕又古老的故事吧。

繼【張曼娟奇幻學堂】與【張曼娟成語學堂Ⅰ】之後，我們再度敲開了夢裡村的大門，仍然是很會說故事的四位創作好手，將成語典故與嶄新的故事結合，推出了【張曼娟成語學堂Ⅱ】。

高培耘在第一本成語故事中寫的是《尋獸記》，這次，她可真的要帶我們去尋獸了呢，一個叫小光的小男孩，遺失了他最好的朋友，一隻叫做「嘟嘟」的白狗。他想盡一切辦法要把狗狗找回來，卻一再落空。在這個世界上，很多東西

失去了，是不是就永遠找不回來了？像是他的胖嘟嘟；像是他最愛的外婆的記憶力，彷彿都找不回來了。但，總有一些什麼，是永遠不會失去的吧？在培耘的《胖嘟嘟》裡，這是小光的功課，也是我們的追尋。

張維中在第一本成語故事中寫的是《野蠻遊戲》，十分驚險刺激，這本新書《完美特務》，又是怎樣的一場特別任務呢？三個性格不同的好朋友，成天抱怨著「無聊啊，真無聊！」現實生活中必須做自己不想做的事，不是補習，就是學才藝，如果可以生活在電動玩具的世界裡，應該再也不會無聊了吧？他們的夢想成真了，嚴苛的考驗接踵而來，原來，電玩的世界比真實世界更加冷酷無情，必須要同心協力，才能闖關成功。而他們的最終目的只有一個，重返再也「不無聊」的真實世界。

黃羿瓅在第一本成語故事中寫的是《我是光芒！》，描述校園中可能產生的各種社交與人際關係，這一次則是一個跨海尋親的故事。生長在美國、叫做山米的少年，帶著他的身世之謎，來到臺灣，與一群並無血緣關係的人生活在一起，而他們似乎是他尋親的唯一線索。連那隻叫做浪花的小狗，也成了山米的

好哥兒們。《山米和浪花的夏天》，一個不長不短的夏天，河與海交界的淡水小鎮，聆聽著潮汐的聲音，山米能找到他的生身父母嗎？或者他還能得到更多更多，超乎想像？

孫梓評在第一本成語故事中寫的是《爺爺泡的茶》，一曲溫馨又感傷的離別賦。告別，也是這本新書《星星壞掉了》的重要主題，卻是很難面對的事。國中生小傑有溫暖的家庭，有和諧的校園生活，還有繪畫的天賦，只是沒人發覺他內心的那個傷口，多年前的某個夜晚，滿天星星都壞掉了，一點也不會發光。那場大地震，幼年的小傑無法與爸爸告別，什麼也不能挽回。當媽媽準備再婚時，那如琉璃易脆，又如海洋深邃的少年的心靈坍塌了，他必須啟程，一場命定的告別之旅。

依然是讀著故事學成語，而我們還想跟孩子分享更多，怎麼與寵物建立獨特的情感，還要學會分離？如何體貼老人家的心情，當他們的記憶一點一點失去？所謂的完美其實並不存在，不管在真實或虛擬的世界中，如果不能互助合作，怎麼能夠挑戰未來？成長不一定得失去對人的熱情與付出，當你主動伸出

臂膀，不就有機會擁抱世界？每個人的心中都有傷口，有的人選擇流淚，有的人卻選擇微笑，你會怎麼選擇呢？

四位創作者都真誠的寫出了他們珍愛的故事，而我只是個牧童似的指路人，想要溫暖的安慰；想要成長的啟示；想要落淚的感動；想要歡笑的趣味——借問故事何處有？牧童遙指夢裡村。

謹序於二〇〇九年白露之前　臺北城

人物介紹

小光

男生，十歲，四年級學生，是家中的獨子。平日沉默寡言的他，雖然成績不好，但因為喜歡聽故事，知道的成語比同學多，因此被老師選為成語小老師。他最好的朋友是一起長大的嘟嘟，嘟嘟失蹤的那一天，他的生活改變了。

嘟嘟

五歲的白色捲毛公狗，有著圓圓亮亮的大眼睛，是小光五歲時的生日禮物，也是一起長大的好朋友。當牠突然消失，小光才意識到嘟嘟對他來說是這麼重要。為了尋找嘟嘟，他敲開了一扇異空間的大門。

外婆

小光的外婆，六十八歲，曾經是小學國文老師，最愛說故事給小光聽。外公去世沒多久，外婆得了失智症。為了讓外婆得到妥善照顧，小光的父母將外婆送到了專為失智老人設立的快樂社區。

光爸

小光的爸爸，四十三歲。原先對餐飲業毫無興趣，但為了保存外公的居酒屋而辭去工作，成為居酒屋的第二代老闆。是個樂觀開朗，笑口常開的人。

光媽

小光的媽媽，四十三歲。電腦程式設計師。追求完美的性格，工作壓力很大，有點緊張兮兮的，卻是個很重情感的人。

星野叔叔

日本料理師傅，三十五歲。因為美食和古董而成為居酒屋的常客，後來在外公的邀請下，接下居酒屋的料理工作。努力學習中文與歷史，對成語故事很有興趣。

油條伯

外公、外婆的老鄰居，曾經開過豆漿店，擁有一身烤燒餅、炸油條的神奇絕技。常到居酒屋和光爸聊天，也會去快樂社區探望外婆。

秦老師

女，二十七歲，小學國文老師。體貼的她觀察到小光的長處，進而幫他建立自信。因為她的愛心和耐心，成為小朋友喜愛的老師。

米其林

女生，十歲，四年級學生。身材圓圓的，就像胖胖的米其林寶寶一樣可愛，因此有了「米其林」的綽號。個性爽朗，會幫助弱小，最喜歡打抱不平。

機車王

男生，十歲，四年級學生，本名王轍。自以為是的性格，常常讓他說錯話，是班上最不受歡迎的人物。

第一章

送給嘟嘟的成績單

聞雞起舞

聞到烤雞的味道，就高興得跳舞？

「嘟嘟！嘟嘟！我回來嘍！」

小光蹦蹦跳跳的從河堤跑下來，三步併作兩步，往家的方向衝，快到家門之前，站住了，打開書包翻翻找找，把成績單抽出來再確認一次。真的是第十九名啊，他笑得闔不攏嘴，終於，考到前二十名了。

「嘟嘟！嘟嘟！你在哪裡？」

平常小光只要走到河堤，嘟嘟就會從家裡奔出來，快活的吠兩聲，朝他迎去。今天不知道野到哪兒去了，該不會又發現牠最喜歡的蝴蝶了吧？這傢伙，近來迷上蝴蝶，竟然忘記我要放學了？小光打開陳舊的木門，走進小庭院，朱槿花開得豔紅，吐出金黃色花蕊。可能是今天太高興了，小光忽然發現外婆種

的朱槿花原來這麼漂亮。儘管外婆已經不住這裡了，她種的花還是開得欣欣向榮，好像等待著主人隨時會回來似的。

真是的，比朱槿花還差勁！從小養大的嘟嘟，到底跑到哪去了？

「臭嘟嘟！你給我出來！我這麼用功，還不是為了你的新家，你躲到哪裡了？」

小光脫掉鞋子，站在木地板上，這是外公傳承給爸爸的居酒屋，也是外公留下來的老房子。這幢日式建築，據說有八十年歷史了，外公就是在這裡出生的。可是，黃昏時整棟屋子看起來又老舊又陰暗，怪不得他的同學都說：「小光家很恐怖，好像鬼屋一樣！」

「喂！鬼屋的孩子，你都跟鬼一起玩嗎？」有些頑皮的孩子這樣嘲笑他。

「對啊！我叫兩隻鬼去陪你玩吧，你想要哪一種呢？」小光從小都這樣回答，沒人教過他。

聽到小光這麼說，那些孩子就住嘴了，好像真的很怕小光會叫鬼朋友來找他們似的。

嘎吱、嘎吱、嘎吱，空無一人的居酒屋，每走一步都會傳來木板的呻吟聲。

「我們為什麼不換新的地板啊？」他曾經這樣問過外婆。

「這地板用的是很好的檜木喔，現在已經找不到這麼好的木板了啊。」外婆蹲在他身邊說。

「可是，我們走在地板上，它都哀哀叫，很慘耶。」

「不是的，我們是在幫它按摩，幫它做ＳＰＡ啦，它們覺得很舒服啊。」外婆邊說邊牽起小光的手，一老一小，就這麼左一步右一步幫地板做起了ＳＰＡ。

嘎吱、嘎吱、嘎吱、嘎吱……在地板的伴奏聲中，外婆拉著小光，嘴裡還哼著澎恰恰、澎恰恰的拍子……祖孫倆像是跳起了華爾滋，真是快樂的時光啊。

「外婆，我們現在是不是在『聞吱起舞』呢？一邊嘎吱，一邊跳舞。」小光踩著凌亂的步伐，忽然想起之前似乎聽過這幾個字。

外婆起先一愣，然後開心的笑了起來，「小光知道『聞雞起舞』這個成語，不簡單喔！不過，這個成語並不是一邊聽嘎吱聲，一邊跳舞的意思。晉代有個

叫祖逖的人，看見自己的國家動盪不安，很想為國家做些事。有一天夜裡，睡在床上的祖逖忽然聽到遠處公雞的啼叫聲，當時天色還很暗，不過祖逖想到時間寶貴，不可以再浪費，便起床到院子裡舞劍、鍛鍊身體，每天都不間斷。後來，祖逖被皇帝任命為大將軍，帶領軍隊平定動亂，讓人民過著安定的日子，終於完成了為國家做事的心願。這就是『聞雞起舞』的故事，意思是要我們把握時機，奮發向上。這樣說小光懂了嗎？」

小光點點頭，他覺得外婆好厲害，什麼故事都知道，就像一本會走路的故事書呢。

「說到這個故事啊，」外婆摸摸小光的頭：「小光以後也要好好把握時間，晚上早一點睡，早上不要再賴床，否則上學常常遲到，外婆看到老師都不好意思了。」

小光咧嘴笑著，因為每天早上他都跟枕頭棉被糾纏老半天，才心不甘情不願的起床；而且，動作拖拖拉拉的他，總要外婆三催四請才肯出門，趕到幼稚園的時候，早就遲到了。

這些都是小光進小學之前的回憶，他還記得仰頭看著外婆呵呵笑的臉孔。那時候，外婆還跟他們住在一起，他們有時玩累了，就在地板上打個盹、睡個午覺。

如果外婆知道他考了十九名，應該會很高興吧？嘎吱、嘎吱、嘎吱……小光拿著成績單蹦蹦跳跳跑回自己的房間。

聞雞起舞

【外婆說典故】《晉書．祖逖傳》

與司空劉琨俱為司州主簿，情好綢繆，共被同寢。中夜聞荒雞鳴，蹴琨覺曰：「此非惡聲也。」因起舞。

【小光聽明白】聽到雞啼聲，立刻起床舞劍、鍛鍊身體。比喻把握時機，奮起行動。

【舉一而反三】奮發圖強、自強不息

【故意唱反調】朽木不雕、得過且過

山雨欲來風滿樓

大風吹來後，就要下大雨了。

上次和媽媽去快樂社區看外婆，那是一個專門收容失智老人的地方。難得那天外婆的精神好，還認得出媽媽和小光。小光跟她說了很多話，說到很想幫嘟嘟蓋一個狗屋，讓嘟嘟有自己的房子住。外婆說：「那很容易啊，請爸爸釘個狗屋給你嘛。」

「他如果考前二十名，爸爸就釘一間給他。」光媽坐在窗邊，一邊說著一邊削蘋果。

「小光現在都第幾名啊？」外婆問。

「二十三。」小光小小聲的回答。

「二十三很不錯了啊！」外婆活力十足的說，轉頭看光媽，「你以前也差不

多就是二十幾名啊。」

「媽！」光媽皺著眉頭，好像對手中的蘋果很不滿意似的，「我們那時候一班有六十幾個人，你知道他們現在一班有幾個人嗎？」

還沒等到外婆的回答，光媽便迫不及待的說：「二十五個！他們班只有二十五個人！他考了二十三名！差很多吧？」

「二十三名很棒啊！」外婆摸摸小光的頭，「那就表示我們還有很大的進步空間，對不對？你看那個考第一名的，多可憐，他再進步也只能考第一名……」

外婆說得沒錯，我的進步空間真的很大。小光把手腳攤平，躺在房間的地板上，眼睛盯著舊舊的木頭天花板看。十九名耶，是我送給嘟嘟的成績單呢，牠可以擁有自己的新房子了。

小光伸出手指頭在空中畫著嘟嘟的新狗屋，屋頂做斜頂還是平頂呢？門框做成半圓形好了，這樣嘟嘟就不容易撞到頭；旁邊再開一扇窗戶，應該會很通風……小光愈想愈樂，這可是他放棄看好幾天的卡通，用功念書才換得的獎品。

小光轉頭看了一下房間外面，空蕩蕩的，連個影子也沒有。臭嘟嘟，平常

就會跟進跟出，現在要送你禮物了，竟然還不現身？

門外一陣聲響，小光連忙翻身爬起來，三步併兩步的跑去開門，喊著：「嘟嘟！」

眼前大包小包的是光爸，還有走在後面的壽司師傅星野叔叔，他們採買完畢，準備要開門營業了。

「小光回來嘍！」星野叔叔雖然是日本人，中文卻說得不錯。

只是小光沒心情和他聊天，他望向星野叔叔的身後，什麼也看不到，他問著光爸：「爸！你有沒有看見嘟嘟？」

「嘟嘟？嗯，沒注意，牠不是都跟你一起玩嗎？」

小光搖搖頭：「不知道跑哪去了，平常都會等我放學的……天都快黑了。」

光爸吩咐星野叔叔把水果提進居酒屋，他順手開亮了燈。這是小光最喜歡的時刻，外面的天色暗了，居酒屋內外卻都亮了起來。這時候，整個老屋不再顯得陳舊，而像是一個木製的大燈籠，讓人覺得溫暖。

就在屋內所有的燈都點亮之後，光爸還會點燃窗邊的油燈，這是外公最喜

歡的油燈。即使錫製的燈座早已斑駁，即使外公早已遠離人世，但每晚燃亮的油燈，是爸爸對外公的承諾，也是外公對居酒屋的守護。

只是，今晚油燈燃亮瞬間，忽然吹來一陣風，把燈蕊上的火花吹熄了。

「風還真大，說不定會下雨呢。」爸爸重新劃過火柴，小小的燭火在風中搖晃著。

「這是不是中文說的……『山雨欲來風滿樓』？」星野叔叔突然從後面冒出來：「我們老師說這是唐代詩人許渾的詩。他提到有一年秋天傍晚，許渾登上咸陽古城樓欣賞風景，這時遠處飄來一片烏雲，涼風陣陣吹來，天地間顯得蕭瑟寂寥。許渾想起自己富庶的家鄉，想起那些蹉跎的時光，再對照如今朝廷的腐敗，他卻無能為力，於是作了一首詩抒發心情，詩裡就有這句『山雨欲來風滿樓』。後來的人便引用這句話來形容事情發生前緊張的氣氛或徵兆。」

「哇！沒想到星野竟然對中國的成語故事這麼清楚，不簡單喔。」光爸感到相當驚訝。

「其實，我最喜歡的中國朝代是唐朝，那個時代的一切簡直就像我的故鄉日

本嘛！」星野叔叔開心的說著，語氣裡充滿了自豪。

「不是吧！日本才是唐朝的山寨版吧！」光爸幽幽的回話。

聽著爸爸和星野叔叔的抬槓，小光根本不想知道日本和唐代之間究竟有什麼錯綜複雜的關係，他只想趕快找到嘟嘟，天已經黑了，平常這時候，嘟嘟不可能還沒回家。

山雨欲來風滿樓

【外婆說典故】 唐．許渾〈咸陽城東樓詩〉

一上高樓萬里愁，蒹葭楊柳似汀洲；溪雲初起日沉閣，山雨欲來風滿樓。鳥下綠蕪秦苑夕，蟬鳴黃葉漢宮秋；行人莫問當年事，故國東來渭水流。

【小光聽明白】 形容事情發生前的徵兆或氣氛。

樂極生悲

樂極媽媽生了一個叫悲的小孩？

「這是我們小光的成績單啊？十九名！是不是真的啊？」光爸宏亮的聲音從屋裡傳了出來。

小光趴在小庭院的地上，頭也沒抬，努力在每一叢樹底下找著。嘟嘟，你在哪裡啊？

「小光終於進入前二十名了，厲害喔。你想怎麼設計嘟嘟的新房子呢？」光爸蹲在小光的身邊問。

臭嘟嘟，到底躲去哪裡了？小光失望的拍拍身子站起來，走到臺階上坐下。

「還是沒找到嘟嘟嗎？」光爸也跟著走來坐著。

小光搖搖頭，這時他看見光爸手中捧著他的成績單，像捧著一個不可置信

的禮物似的。

光爸看起來開心極了，眼睛都彎成了一道弧線。沒想到小小的進步，竟然讓爸爸像中樂透那樣的興奮。

原來，有進步真是一件不錯的事。今天秦老師也對小光微笑呢，「小光這次進步很多喔，下次再加油。」老師發成績單的時候這麼說。也許因為有了老師的鼓勵，小光上起課來特別專心，還答對了一個問題。

老師今天教的成語是「樂極生悲」，並且問大家知不知道這句成語的意思？

「老師，我知道。」機車王舉起手。

機車王是班上公認最沒人緣的人，總是喜歡搶答。他一舉手，全班就笑起來了。老師很有耐心的對機車王說：「你真的知道嗎？要好好回答喔。」

「樂極是悲的媽媽，有一天，她把悲生出來了！」機車王大聲的說。

全班笑得東倒西歪，但是，小光看見年輕的秦老師輕輕嘆了口氣，「你們已經四年級了，還不知道這個成語的意思嗎？」

當大家的笑聲停下來之後，小光舉起手說：「快樂得太過度，接下來就有悲

傷的事要發生了。」

外婆曾經跟小光說過這個成語故事。

「小光說得很對。」秦老師再度對著小光微笑，「大家都知道孔子吧？孔子和他的學生把水倒進一種特製的酒杯裡面，倒了一半的時候，杯子端端正正的，可是倒滿之後，杯子卻翻覆了。」

「為什麼會這樣呢？」同學們都很好奇。

「孔子藉著這個機會，對他的學生說，世上的事都是這樣的，比方太陽到了正中午最熱、最高，之後卻也慢慢落下了；月亮到了十五最圓，接下來就一天天缺損了。歡樂到了極點，往往會轉生悲哀，所以啊，凡事要適可而止。」

小光聽得很入神，即使早就聽過一遍了，還是覺得很有趣，專心聽課真的很不錯。

考到第十九名；答對老師的問題；看到爸爸那樣開心……小光覺得自己真是太厲害了，現在就剩下媽媽、嘟嘟、外婆還不知道他進步的事。

他抬頭看著夜空，遠方是無止盡的黑。不知怎麼的，小光突然感到一陣奇

異的心慌，他想到了那句成語：「樂極生悲」。

難道在最快樂的時候，就會有不好的事發生……

「我去找嘟嘟。」小光像被雷打到一樣，倏地起身跑了出去，連光爸在後頭喊他，他也不管，只要能找到嘟嘟，回家被罰跪也沒關係，只要能找到嘟嘟。

樂極生悲

【外婆說典故】《淮南子．道應》曰：「夫物盛而衰，樂極則悲，日中而移，月盈而虧。是故聰明睿智，守之以愚；多聞博辯，守之以陋……」

【小光聽明白】歡樂到了極點，往往會轉生悲哀。

【舉一而反三】興盡悲來、樂極悲來

【故意唱反調】否極泰來、苦盡甘來

方寸已亂

心好亂，不知道該怎麼辦。

為什麼就是找不到？小光像無頭蒼蠅似的到處探看，那些和嘟嘟去過的地方都找遍了，就是看不見嘟嘟白色的身影。

強烈的失落感讓小光的腳步愈來愈沉重，回到家時，光媽已經在門口等他了。剛下班的她聽說嘟嘟不見的事，擔心的看著小光，「還是沒找到嘟嘟嗎？會不會又躲在桌子底下了？」

曾經，嘟嘟也失蹤過一次。那一天，嘟嘟在光媽最喜歡的坐墊上偷尿尿，平常看起來笨笨的牠，竟然還知道自己闖禍了，便一溜煙的躲起來，任憑光媽怎麼軟硬兼施的喊牠，甚至還拿出牠最愛的水梨四處引誘，嘟嘟就是不肯現身。

光媽確信嘟嘟一定躲在家裡，因為庭院的門是關著的，不可能跑出去，只

是，光媽一直想不透，這個她從小生活的地方，還有哪個角落是她沒想到的？

後來光媽開始整理房間，拿著雞毛撢子想把桌子底下的灰塵掃出來時，忽然感覺到雞毛撢子被卡住了，她向後拉扯了一下，雞毛撢子又被拉進去一些，兩邊像是在拔河……光媽狐疑的彎下身子掀開桌巾一看，只見兩顆黑亮亮的眼珠子盯著她，白森森的牙齒還咬著雞毛撢子，竟然是嘟嘟。

原來找了半天，嘟嘟就躲在墊子旁邊，而且還知道最危險的地方就是最安全的。

「沒想到嘟嘟平常看起來笨笨的，逃命時還挺聰明。」光媽覺得好氣又好笑。

但不管嘟嘟是聰明還是笨，牠一定會認得小光，無論是說話聲或腳步聲，甚至連小光身上的味道，嘟嘟都非常熟悉，因為他們是最好的夥伴。

在小光五歲生日那一天，也是嘟嘟剛出生滿一個月的那一天，他們就在彼此的生命留下深刻的印記了。

然而此刻，被小光稱為跟屁蟲的嘟嘟，到底跑去哪裡了呢？小光覺得心好慌：「家裡都找過，外面也沒有……我到處喊牠……」

「先別急，說不定牠去誰家玩到忘記時間了，這附近的人都認識嘟嘟。」光媽只是想安慰安慰小光，其實她也相當不安。

「會不會被壞人抱走了？」小光忽然睜大眼睛。

小光家附近有一間寵物店，寵物店的櫥窗經常貼著一些廣告，其中就夾雜著幾張尋狗啟事。每一次只要有新的尋狗啟事貼出來，小光就會停下腳步，認真讀著上面的文字和照片。他覺得那些主人和失蹤的狗狗很可憐，總會在心底拜託老天爺讓狗狗趕快回家。只不過，舊的尋狗啟事大多沒撕下來，而新的尋狗啟事卻愈貼愈多。

「嘟嘟很機靈的，要是牠覺得不對勁，一定會大叫。鄰居們不是都領教過牠的魔音穿腦嗎？我們再去附近找找看，假如……」光媽的聲音停頓了一下：「我是說假如今天真的找不到嘟嘟……」

聽到光媽這樣說，沒來由的寒意從小光的腳底竄起，他覺得好冷，身體不自覺的發抖了。

光媽感覺到小光全身緊繃，便輕輕捏著他的肩膀，「我們再去牠平常會去的

地方找一遍，也問問鄰居有沒有看到牠。至少，可以先縮小範圍，再思考下一步該怎麼做。」

不愧是在電腦公司寫程式的光媽，可以冷靜的釐清混亂的局面。「記住，不管遇到任何事，一定要先穩住自己的心情，才有辦法面對問題。要是『方寸已亂』，就什麼事都做不了。」

「『方寸已亂』是什麼意思？只要方寸不亂，就會找到嘟嘟嗎？」小光著急的問。

「三國時，蜀國的軍師徐庶是一個很厲害的人，劉備和諸葛亮都很看重他，而他們的敵人曹操也很欣賞徐庶，就故意抓他的母親當人質，希望徐庶可以為自己做事。徐庶聽說母親被抓，心神很不寧，就對劉備說：『我本來想幫助您完成統一大業，可是我的母親被俘虜了，我沒辦法再靜下心為您效勞，請讓我離開吧。』徐庶說完就離開劉備，投降曹操了。所以，如果你的心緒很亂，就容易忽略眼前重要的線索，即使答案就在面前，還是無法看見它。」媽媽解釋。

小光看著媽媽，「我知道了，為了找回嘟嘟，我一定不能慌亂。」

方寸已亂

【外婆說典故】《三國志．蜀書．諸葛亮傳》

庶辭先主而指其心曰：「本欲與將軍共圖王霸之業者，以此方寸之地也。今已失老母，方寸須亂，無益於事，請從此別。」

【小光聽明白】形容心緒很亂的樣子。

【舉一而反三】心慌意亂、六神無主

【故意唱反調】當機立斷、慮周行果

風吹草動

即使改變只有一點點，還是不可大意。

「你們回來啦，準備吃飯嘍，星野準備了他最拿手的日式豬排飯，先去洗手，等會兒就可以開動了。」光爸一見到母子倆的身影，連忙從前面的居酒屋跑到後面來。

他看看一臉嚴肅的光媽，再看看不發一語的小光，知道事情不妙，令人擔心的事終於發生了。

小光脫下鞋子，踏上迴廊，打開浴室的燈後，走進去關上了門。在嘩啦嘩啦的水聲中，星野叔叔端來了豬排飯，他快速的瞄了一下光爸和光媽，明白了一切。

小光安靜的走到飯桌旁坐下，眼睛有點紅紅的，但沒有哭。

「小光，這是星野特製日式豬排飯，請享用。」星野叔叔用充滿元氣的聲音幫小光打氣。

「謝謝。」小光落寞的點點頭，拿起筷子夾了一片炸得金黃酥脆的豬排，只是，豬排停留在半空中，然後又放回盤子裡了。小光想起自己以前都會瞞著爸爸媽媽，偷偷留一小口豬排給嘟嘟吃，雖然小光知道炸豬排對嘟嘟的身體不好，但嘟嘟喜歡，這是他們之間的小祕密。

不知道躲在哪裡的嘟嘟，如果聞到炸豬排的味道，會不會忍不住跑出來呢？

「小光，先把飯吃完，待會兒媽媽就上寵物網站貼消息，明天再去附近的寵物店貼尋狗啟事。嘟嘟身上也有植入晶片，要是有人看到牠，帶牠去醫院掃描一下，就知道牠住在哪裡了。」

小光抬頭看了一下媽媽，似乎想說什麼，但最後嘴唇抿成一條線。

「我會帶嘟嘟的照片給我的中文班同學看，請他們多留意。」星野叔叔也加入尋狗隊伍。

「等一下我就請居酒屋的客人幫忙注意，要是有任何的風吹草動，絕對逃不

過我們布下的天羅地網。」光爸拍胸脯保證。

「我和媽媽去公園找過了，風很大，草也在動，每次看見草動起來，我都以為是嘟嘟躲在那裡，可是，都不是。」小光悶悶的說。

「風很大，草也在動？」光爸聽了之後，試圖想轉移這股消沉的氣氛，索性坐了下來，對著大家講故事：「你們知道『風吹草動』是發生在春秋時代的故事嗎？當時楚平王很喜歡漂亮的女人，還霸占了自己的兒媳婦。大臣伍奢非常反對楚平王的行為，沒想到楚平王竟然下令殺掉伍奢和他的大兒子。伍奢的二兒子伍子胥見情況不對便趕緊逃命，並發誓一定要為父兄報仇。當他一路上躲躲藏藏時，任何的風吹或草搖動的聲音都會驚嚇到他……」

故事講到這裡，光爸故弄玄虛的停下來，然而，小光只是無精打采的抬了抬眼睛，倒是星野聽得津津有味，不停追問：「後來呢？後來怎麼樣？」

有了忠實的聽眾，光爸得到鼓舞，繼續往下說：「有一天啊，伍子胥在江邊遇到一位漁翁，伍子胥懇求漁翁帶他過江，到達對岸後，伍子胥解下佩戴的祖傳寶劍送給漁翁，請漁翁不要告訴別人這件事。但漁翁拒絕了，他說他知道

伍子胥是楚平王重金懸賞的犯人，他連那些獎賞都不想要，怎麼還會要寶劍呢？後來，伍子胥被吳王重用，帶兵攻打楚國，終於報仇雪恨。後來的人就引用『風吹草動』這句成語，形容輕微的變化。」

「所以，任何細微的線索，都有可能讓我們把嘟嘟找回來的。」光媽篤定的看著小光的眼睛。

小光點點頭：「嗯，我明天帶一些嘟嘟的照片去學校請同學幫忙留意，無論是風吹還是草動，我都不會放過的。」

風吹草動

【外婆說典故】敦煌變文〈伍子胥變文〉

﹝平王捉我，事未消寧﹞，儻被擒獲，百死無生。﹝偷蹤竊道，飲氣吞聲，風吹草動，即便藏形﹞

【小光聽明白】風吹起，草木搖動。比喻輕微的變化。

【舉一而反三】草木皆兵、風聲鶴唳

【故意唱反調】風平浪靜、悄聲無息

鐵石心腸

鐵做的東西，可以拿去做資源回收嗎？

「這是你們家的嘟嘟啊？好可愛喔。」「我一定會幫你注意的。」「我們家的狗去年不見了，到現在還沒找到，我媽一想到就會哭，希望你可以趕快找到嘟嘟。」下課後，同學們聚攏在小光的桌子前，看著嘟嘟的照片，一人一句的說。

平常跟同學沒有太多交集的小光，忽然得到許多關心與注意，一時之間覺得很不習慣，卻又覺得心裡暖暖的。

「你的狗狗幾歲啦？」「牠的眼睛超可愛的！」「我阿姨家的狗狗跟嘟嘟很像耶，說不定是姊妹！」

「嗯，嘟嘟是男生啦！」小光趕緊說明。

「你們在看什麼啊？讓讓……讓讓……」機車王從人群中撥開一條路走進

來，停在小光面前。

他拿起嘟嘟的照片，隨意翻看著，最後下了結論：「這是你們家的狗啊？怎麼看起來跟牠的主人一樣呆呆的，哈。」

「機車王你真的很機車耶，滾遠一點。」「最討厭你這種人。」「小光家的狗不見了，你還說什麼風涼話，走開啦。」機車王自以為幽默，沒想到卻引起大家的撻伐，把他轟出人群。

「什麼？你家的狗不見了？」機車王像是聽見天大的消息，又拚命擠進來。

「嗯。」小光悶悶的說：「請大家幫幫忙，要是在路上看到像嘟嘟的狗，請趕快告訴我。」

「好啦，要是我有看到這隻笨……」機車王說到這裡吞了一下口水：「要是有看到牠，我再跟你說。」

大家不敢置信的看著機車王，沒想到這個全班公認機車指數破錶的人，竟然發揮同學愛。

只不過驚喜只維持三秒鐘，機車王又開口了：「對了，你有沒有聽過一句話

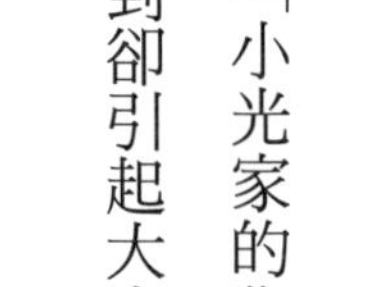

叫『舊的不去，新的不來』？反正嘟嘟是舊狗了，剛好趁牠這次失蹤，請你媽再買一隻新狗給你不就好了？這樣你還有新狗可以玩，別再浪費時間去找嘟嘟了。」機車王覺得這個建議很棒，臉上堆滿了得意的表情。

「機車王，你在說什麼啊？嘟嘟是一隻狗耶，你把牠當成什麼了？你不要的玩具嗎？」同學米其林終於受不了了。

「走開啦你……我們這裡不需要你幫忙，真是愈幫愈忙。」同學合力把機車王擠出去，再也不讓他加入。

「我是說真的啊！寵物店裡的狗那麼多，要幾隻嘟嘟都可以。」機車王撇撇嘴，他覺得自己的苦心都白費了。

「那是因為你沒有像嘟嘟這樣的好朋友，你根本就不懂！」小光忽然對著機車王生氣的大喊。

機車王立刻回嗆：「狗又不是人，幹麼把牠當朋友啊？」

「無聊，不要理他，沒見過這麼鐵石心腸的人。」米其林搖搖頭。

「我的心腸是肉做的，你的才是破銅爛鐵，拿去做資源回收好了。」沒想到

機車王的耳朵那麼尖。

聽到機車王的回答，大家安靜下來，沒多久，一陣哄堂大笑，幾乎要把教室屋頂掀開，只見機車王一臉莫名其妙。

「喂！沒知識也要有常識，沒常識那就不要亂講話。上次秦老師才講過『鐵石心腸』的意思，你都沒記住喔？」米其林一臉快要暈倒的樣子。

「我要告訴老師說你們欺負我。」機車王不甘示弱。

「怎麼啦？」秦老師的聲音忽然從後面傳來。

「機車王說他不懂『鐵石心腸』的意思。」同學指著他。

「好，誰幫老師再講一遍給王轍聽呢？」秦老師左看右看。

人群中只有小光舉手，「『鐵石心腸』裡的鐵塊和石頭都是堅硬的東西，用它們來形容一個人的心，就表示這個人的意志非常堅定。東漢末年時，曹操很欣賞部屬王必，後來還舉薦他擔任幕僚長，在詔書中稱讚王必忠心勤勞，意志像鐵石一樣堅定，是可以為國家做事的人。『鐵石心腸』這個成語就是由此演變而來的，形容人意志堅定，不為私情所迷惑。不過，後來『鐵石心腸』的意思改

變了，用來形容一個人沒有同情心。」

「小光說得很好。」秦老師讚美小光，又轉向機車王：「你懂了嗎？」

在秦老師面前，機車王只好乖乖點頭，然而，趁老師不注意的時候，卻對所有人扮鬼臉，真不愧是討人厭第一名的機車王。

鐵石心腸

【外婆說典故】《三國志．魏書．武帝紀》

領長史王必，是吾披荊棘時吏也。忠能勤事，心如鐵石，國之良吏也……

【小光聽明白】比喻意志堅定，不輕易動搖。本來是讚美的話，後來形容人沒有同情心。

【舉一而反三】木人石心、冷血動物

【故意唱反調】菩薩心腸、心慈腸軟

獨當一面

最有本事的人站在最前面。

「對了，小光，老師有話跟你說。」秦老師忽然轉過頭來，機車王扭曲的鬼臉來不及收起來，看起來僵硬又古怪，像是被嚇到一樣，逗得大家哈哈大笑。

「你的臉抽筋啦？」秦老師忍住笑意看著機車王。

「沒、沒事。」機車王一邊揉著自己的臉，一邊趕緊逃離現場。

秦老師帶著小光到教室後方的導師桌旁坐下，突如其來的舉動，讓小光忐忑不安，不知道是不是因為帶嘟嘟的照片來學校的關係？

「是這樣的，老師覺得小光似乎懂得很多成語，想請小光當我們班的成語小老師，不知道小光願不願意呢？」

「成語小老師？我？」小光很驚訝，畢竟自己的成績都是班上倒數的，怎麼

可能當小老師？班上的小老師都是在各科中名列前茅的人。

秦老師微笑著，「小光對成語的認識比同學還多，要是小光可以常常說成語故事給同學聽，這樣大家就會進步很多。像王轍從今以後，再也不會以為『鐵石心腸』是形容人是破銅爛鐵做的了。」原來，秦老師都聽見了。

「可是我，我覺得我可能……」小光急得一直抓頭，他雖然很想試試看，卻不知道自己能不能勝任這個工作。

「別擔心，老師會協助你的，我這裡有好幾本成語故事書可以借你，你可以選自己喜歡的成語故事跟同學分享。」秦老師從書架上取下好幾本書，放在小光面前。

小光還是抓抓頭，「我怕做不好會被同學笑。」

「沒問題的，我相信小光一定可以做得很好。自從帶你們班以後，我發現你知道很多成語典故，你平常很喜歡看成語故事書吧！」秦老師鼓勵著小光。

「其實很多故事都是外婆跟我說的，我外婆懂得才多，她以前是國小老師，而且她說的故事都很好聽喔。」

「那更好啊，有外婆在，小光就更適合當成語小老師了。」秦老師顯得很高興。

「不過……外婆現在不跟我們住一起，她住在快樂社區，媽媽說，住在那裡的人大都是忘光光的快樂老人。」小光解釋。

「忘光光的快樂老人？」

「對啊，外婆把很多事都忘掉了，有時候，連我和媽媽，她也會忘掉。有時候她又會記得……」

秦老師完全明白了。「小光一定聽外婆說過很多好聽的故事，我想外婆也希望小光將來有一天能『獨當一面』吧。」

小光點點頭，「外婆以前說過『獨當一面』的故事喔。」

「真的嗎？老師有點忘記這個故事了，可以請小光說說看嗎？」

小光看著秦老師，眼神充滿自信，「秦朝末年，劉邦和項羽在爭奪天下，有一次，劉邦被項羽打敗了，他生氣的問軍師張良誰可以幫他報仇。張良推薦了可以擔負重任的韓信、討厭項羽的英布及彭越三個人。後來，這三個人果真打

敗項羽，立下大功勞。當時張良就用『可屬大事，當一面』來形容韓信，而這就是成語『獨當一面』的由來，形容人可以獨力負責，擔當重任。」

「小光很厲害啊，這麼多人名都記得，把故事說得很完整，同學們一定會很喜歡聽小光說故事。」秦老師點頭稱讚。

「可惜，外婆已經很久沒有講故事給我聽了。」小光垂下眼睛。

「小光。」秦老師靠近小光，溫柔的注視著他，「沒關係的，你把這些成語故事讀熟了，以後，你可以講故事給外婆聽啊。現在，你先講給同學聽，就當作是練習。你覺得好不好？」

小光抬起頭，雙眼亮亮的，點點頭，「我會把老師給我的故事書讀得更熟一些，我要說給同學聽，還要說給外婆聽。」

當然，也要說給嘟嘟聽。

獨當一面

【外婆說典故】

漢・司馬遷《史記・留侯世家》

而漢王之將獨韓信可屬大事，當一面。即欲捐之，捐之此三人，則楚可破也。

【小光聽明白】

形容可獨力擔當一方的重任。

【舉一而反三】

獨當大任、獨負重任

【故意唱反調】

才力不稱

第二章

外婆的時光鑰匙

柳暗花明

原以為走到盡頭了，沒想到又出現新的路。

已經好幾天了，嘟嘟依然下落不明，即使各大寵物網站、附近的寵物店、鄰居們、居酒屋的客人、小光的同學等等，都知道有一隻白色的狗失蹤了，卻沒有人見過嘟嘟，就像石沉大海一樣，一點線索也沒有。

「這麼久還沒找到嘟嘟喔？會不會被外星人綁架啦？」昨天，機車王忽然丟來這句話。

「機車王，地球真的很不適合你，你什麼時候才要回火星啊？」米其林沒好氣的頂了回去。

小光抬抬眼皮看了一眼機車王，什麼話也沒說又低下頭去。嘟嘟失蹤後，小光一直很落寞，還好同學們都和他站在同一陣線，幫他抵擋住機車王的無聊

話語。小光只希望週末趕快到來，這樣他就有多一點時間去找嘟嘟。

星期六，光媽決定帶小光去探望外婆，小光原本不想去，只想在住家附近找嘟嘟，即使那些地方他已經找過好幾遍了。

「小光，媽媽的同事說他們家的狗也失蹤過，後來還是找回來了。」

「真的？」小光的精神為之一振，「怎麼找回來的？」

「他們的朋友去鄉下玩，在一戶人家的院子發現一隻很面熟的狗，竟然就是我同事家的狗。據說當初牠被人抱走後，大概是對方玩膩了，竟把牠丟在路邊，那戶人家看牠可憐，就收容了牠。」光媽輕描淡寫的，卻給了小光一絲希望。

如果住家附近都找不到，是不是要把範圍再擴大一些？

在前往快樂社區的路上，小光東張西望的，並在心裡喊著嘟嘟的名字，希望自己也能像別人一樣好運，和嘟嘟不期而遇。只不過一直到快樂社區的門口，奇蹟都沒有出現。

小光跟著媽媽走到了外婆住的房間，外婆看起來精神很好，還叫得出光媽和小光的名字。

「小光怎麼悶悶的？見到外婆不高興啊？」外婆側著頭看小光。

小光擠出一絲笑容：「外婆，我這次考了第十九名。」

「十九名？哇！小光這麼棒，比媽媽小時候考得還好，爸爸媽媽應該很高興吧！有沒有說要送小光什麼禮物呢？」外婆期待著。

「爸爸說要幫嘟嘟做一間狗屋……不過現在……可能用不到了。」小光低下頭，講得很小聲。

「什麼？外婆聽不清楚。」

「媽，嘟嘟前幾天不見了。」光媽提高音量。

「不見了？」外婆很驚訝。

「嘟嘟不知道跑去哪裡了，我到處找，就是找不到牠，臭嘟嘟。」小光撇著嘴說。

「這樣啊。」外婆摸摸小光的頭，「外婆有沒有跟小光說過『柳暗花明』這個成語？」

小光搖搖頭。

「『柳暗花明』原是出自於宋代詩人陸游詩裡的兩句話：『山重水複疑無路，柳暗花明又一村』，意思是說坐著小船在彎彎曲曲的溪水中前行，本以為前面已經沒有路了，誰知道轉個彎，原本陰暗的景色，忽然開闊起來，眼前出現一片明亮的風景。後來的人就用『柳暗花明』來形容絕處逢生、忽現轉機的意思。」

「外婆，您知道的事情那麼多，可以告訴我去哪裡找嘟嘟嗎？我要去哪裡找，才會有『柳暗花明』的機會？」

外婆臉上出現了一抹神祕的微笑，「這裡找不到，那就換另一個地方找。」

柳暗花明

【外婆說典故】 宋・陸游〈遊山西村〉

莫笑農家臘酒渾，豐年留客足雞豚。山重水複疑無路，柳暗花明又一村。簫鼓追隨春社近，衣冠簡樸古風存。從今若許閒乘月，拄杖無時夜叩門。

【小光聽明白】 比喻在曲折艱辛之後，忽現轉機的意思。

【舉一而反三】 花明柳暗

【故意唱反調】 山窮水盡

一去不返

說了再見，就再也看不到你了。

趁媽媽送水果去給社區醫生時，外婆湊到小光的耳邊，悄悄的說：「如果外婆有辦法讓你找到嘟嘟，你想不想試試？」

小光狐疑的看著外婆，猜測外婆的話究竟有幾分真實。

「不相信外婆啊？」外婆仍是笑笑的，似乎真有什麼方法可以找到嘟嘟。

只是，有好幾次外婆連自己的家都找不到了，小光不知道該不該把外婆的話當真。因為，外婆的記憶生病了。

小光起先不太明白那是怎麼一回事，像他自己有時候也會忘記帶課本或彩色筆去學校，媽媽總是叨念著壞習慣要趕快改過來。然而，當他不只一次發現外婆把摺好的衣服放進冰箱裡收著；一個晚上餵嘟嘟吃好幾次的晚餐；在家門

口附近走來走去說找不到家在哪裡……小光開始感覺到外婆忘東忘西的毛病似乎比他還嚴重。

但也奇怪，外婆卻對以前發生的事，印象特別深刻。像是外公收藏的那些古董，她大都記得每件古物背後的往事；像是媽媽小時候想做蛋糕給全家吃，卻把鍋子燒得焦黑的糗事；還有那些說也說不完的好聽故事。

小光總覺得外婆只是不想記住那麼多事，就像他為了應付考試拚命記住那麼多無聊的習題，就覺得好辛苦。

直到有一天，外婆忽然對著居酒屋的客人大吼大叫，罵他們是闖進她家的強盜，拿起掃把想把客人全趕出去時，小光真的被嚇到了，他不明白眼前情緒激動、讓人害怕的人，怎麼和那個從小最熟悉、世界上最好的外婆完全不一樣。

後來，媽媽帶外婆去看醫生，醫生說外婆的記憶生病了。

「記憶會生病喔？」小光好奇的問媽媽。

「就跟我們的身體會生病一樣，只是這種病雖然可以暫時吃藥控制，卻沒辦法完全康復，也就是說，外婆原本記得的很多事情，會隨著時間消失得無影無

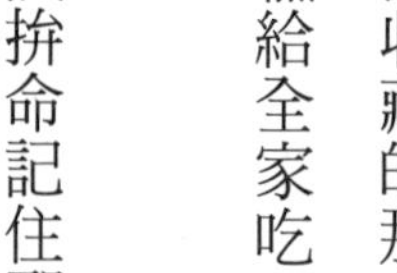

蹤。」媽媽用小光能理解的語彙形容給他聽。

「外婆會忘記很多事嗎？」小光接著問。

媽媽點點頭。

「所以外婆的記憶會『一去不返』嘍？」小光說。

「你知道『一去不返』的意思？」

小光點點頭：「外婆說戰國末年時，燕太子丹派勇士荊軻去刺殺秦王，這是非常危險的事，所以出發前，很多人就聚在易水河邊為他送行。荊軻的好友高漸離拿著樂器幫忙伴奏，荊軻一邊唱著『風蕭蕭兮易水寒，壯士一去兮不復還。』一邊慢慢走遠了。後來，荊軻失敗了，真的就一去不返啦。」

「外婆說給你聽的故事，你都記得嗎？」

「記得啊，因為外婆說的故事都很好聽。」

媽媽的表情變得很複雜，過了半晌才說：「你一定要把外婆跟你說過的事都記在心裡……說不定到最後，外婆很多事都忘記了，連小光也不認得了。」話才說完，媽媽就把臉轉開，彷彿快要哭出來了。

小光無法想像有一天外婆會把他忘記，把媽媽忘記，把什麼事情都忘記。這麼重要的人，怎麼可能忘記呢？

可是，已經發生過不止一次，外婆笑嘻嘻的看著光媽和小光，問他們：「你們來找人喔？」

「媽！是我啦，這是小光啦！」光媽大聲的呼喚，像是要把外婆喊醒。

「喔，是啦。你們來啦。」還好，一會兒之後，外婆就認出他們了。

只是，從此以後，想到「一去不返」這句成語，小光感受到的不再是荊軻刺秦王的豪壯之情，而是一種淡淡的哀愁。

一去不返

【外婆說典故】
漢・司馬遷《史記・刺客列傳・荊軻》
又前而為歌曰：「風蕭蕭兮易水寒，壯士一去兮不復還！」
復為羽聲忼慨，士皆瞋目，髮盡上指冠……

【小光聽明白】
形容人離去之後音訊全無，或事物消逝無影無蹤。

【舉一而反三】
杳如黃鶴、杳無信息

【故意唱反調】
雁字魚書、傳書寄簡

老馬識途

老馬竟然比人類還聰明呢。

「小光在想什麼？怎麼看起來傻傻的？」外婆張開手掌在小光面前揮了揮。

小光如夢初醒般，連忙搖頭，「外婆，您說有辦法讓我找到嘟嘟，是真的嗎？」

外婆又露出神祕的微笑，她起身走向置物櫃，緩緩拉開抽屜，把手伸到抽屜裡翻呀翻的。

小光伸長脖子看，心想外婆說這裡找不到，那就換地方找……難道嘟嘟就藏在抽屜裡面？不會吧？小光急急起身，連忙走去外婆的身邊，他探頭探腦往抽屜裡瞧，只是，雜七雜八的東西還不少，就是沒有嘟嘟。

難道，外婆又忘記自己說過的話了？

「找到了。沒想到竟然還在，真是太神奇了。」外婆興奮的叫著，像發現失

落已久的寶藏一樣。

小光連忙湊過去，只見外婆拿著一支看起來舊舊的、不鏽鋼製的小湯匙。

「這可是寶貝啊。」外婆先對著湯匙呵氣，再用衣角輕輕擦拭著，彷彿那是百年難得一見的寶物。

「外婆，這支湯匙很特別嗎？」小光看了老半天，不懂這支湯匙和家裡其他的湯匙有什麼不同，形狀都差不多啊，而且光爸有時候還會淘汰一些像這樣的舊湯匙。

「可別小看它，」外婆邊說邊往門外瞧，像怕被別人聽見似的：「其實，它是一把時光鑰匙，可以打開任何你想去的地方。」

「時光鑰匙？」小光看看外婆手裡的舊湯匙，再看看外婆一臉嚴肅的神情，猜想到底是自己的眼睛有問題，還是外婆的記憶又生病了。

它明明就是一支用舊的鐵湯匙啊。

外婆把小光拉到房間最裡邊，確定不會被別人看見後，把小湯匙交到小光的手裡，「外婆跟你說，你回家後用這把鑰匙去開鎖，它就會帶你找到嘟嘟。不

過千萬要記住，絕對不能跟別人透露這把鑰匙的祕密，否則外婆再也幫不了你。記住啦？」

小光握著冰涼的湯匙，聽得一愣一愣的。

「你們在說什麼啊？」光媽突然出現在門口。

「喔，我正在說故事給小光聽。」外婆一邊說話，一邊趕緊將湯匙藏進小光褲子後面的口袋。

「什麼故事啊？我也要聽，我最愛聽故事了。」光媽興致高昂的加入聽故事行列。

外婆接過光媽遞來的紅色櫻桃，放入嘴中慢慢咀嚼著，「剛剛正要說『老馬識途』的故事。春秋時代，有一次管仲跟隨齊桓公去討伐孤竹國，出發時是春天，但返回時已是冬天了，由於景物變化太大，整支軍隊迷路了。正當所有人陷入恐慌時，管仲忽然想到老馬可以記得以前走過的路，於是挑選了幾匹老馬，讓牠們走在軍隊前面，果然沒多久就找到正確的方向。因此，『老馬識途』便是用來形容經歷豐富的人。」

外婆說完後，又拿起一顆櫻桃吃。

小光悄悄摸著褲子後面的口袋，心想外婆是否正是用這個臨時想出來的故事告訴他，其實這支看起來毫不起眼的舊湯匙，將會是帶他找到嘟嘟的鑰匙。

只不過，這把「鑰匙」要怎麼開鎖啊？而且，要開的鎖又在哪裡呢？

小光抬起頭，正好看見外婆悄悄對他眨了一下眼睛。

老馬識途

【外婆說典故】《韓非子．說林上》

管仲、隰朋從桓公伐孤竹。春往冬反，迷惑失道。管仲曰：「老馬之智可用也。」乃放老馬而隨之，遂得道。

【小光聽明白】有經驗的人，對情況比較熟悉。

【舉一而反三】諳熟門路、老馬之智

【故意唱反調】人生地疏、迷途羔羊

切膚之痛

皮膚被鋒利的刀子割到，當然會很痛。

小光躺在房間的地板上，高舉著外婆的小湯匙，前前後後端詳著，喃喃自語：「鑰匙……任何想去的地方……」

他一下子把湯匙放到嘴邊；一下子又把湯匙當成眼罩；一下子將湯匙豎立頭頂當天線，唉，這把「鑰匙」要怎麼用啊？他已經試遍了家裡所有的鑰匙孔和窟窿，通通不合適。

「咦？小光在家啊！」星野叔叔的聲音忽然從門外傳來。

小光趕緊坐起身，只是手中的小湯匙來不及藏好，讓星野叔叔看見了，沒想到星野叔叔卻微笑的說：「真熱啊，你想吃冰淇淋對不對，我去挖幾球給你吃。」說著轉身走回前方的居酒屋。

嘎吱、嘎吱、嘎吱……星野叔叔的腳步聲漸漸遠去，看著他滿身大汗的模樣，小光知道他又幫忙去找嘟嘟了。這幾天，爸爸和星野叔叔除了工作之外，便四處奔波尋找嘟嘟。有一次，看見爸爸他們再度空手而回，小光忽然生氣的說：「不用再找了啦，反正都找不到！」

「小光！不要這樣說。」星野叔叔安撫著小光，「我們只要相信能找到，就一定可以找到的。」那麼溫柔的語氣，讓小光對自己的任性感到不好意思。

嘎吱、嘎吱、嘎吱……星野叔叔又回到房門口。

「巧克力、草莓、芒果，三種口味都是小光喜歡的。」星野叔叔端著兩個玻璃冰碗坐到小光身邊。

「謝謝星野叔叔。」小光接過其中一個。

「不客氣。」星野叔叔舉起唯一一支湯匙，從自己的冰碗中，舀了一匙冰淇淋放進嘴裡。

沒有另一支湯匙嗎？小光愣住了，難道要用外婆的湯匙吃？那是要去找嘟嘟的鑰匙啊！用了之後不知道會不會出什麼問題？

「冰淇淋已經在融化嘍。」星野叔叔指著碗裡說。

小光只好硬著頭皮，用手裡的湯匙舀起冰淇淋慢慢放進嘴巴，甜甜的汁液流進喉嚨直達胃裡，他緊張得盯著自己的肚子看，深怕外婆的「鑰匙」會突然打開什麼東西……

過了半晌，什麼事都沒發生，小光終於鬆了一口氣，還好這把鑰匙的「鎖」，並不在他的肚子裡。

「其實，星野叔叔很能感受小光現在的心情。」

小光嚇了一跳，難道星野叔叔也知道湯匙的祕密嗎？

「我小學的時候，有一隻叫小黑的狗，是我最好的朋友，會陪我寫功課和踢足球。我真的很喜歡牠。」星野叔叔說著說著，臉上的表情像是回到了小時候的開心模樣。

「我以為小黑會陪我很久很久。有一天，小黑突然不見了，我到處找都找不到……我的母親說，可能是因為小黑覺得自己太老了，不想讓我們擔心，所以離開了……我才不信，我知道小黑不會丟下我……我一直找牠，甚至到了讀大

學之後，還是沒放棄，我相信自己一定可以找到牠的……」他的聲音哽住，過了好一會兒才努力往下說：「所以，小光，我要告訴你，你不要難過……」

嗚哇！像一個充滿氣的瓶子被撬開那樣，星野叔叔突然號啕痛哭起來，彷彿再也撐不下去了。

抱頭哭泣的星野叔叔，整個人縮成一團，好像變回一個小孩子。

小光發覺自己在顫抖，他命令自己不可以哭，星野叔叔的小黑再也不會回來，所以，他才哭。我的嘟嘟一定會回來的，所以，我一定不可以哭。

小光看著碗裡的冰淇淋化成彩色湯汁，星野叔叔慢慢平息下來，抽出面紙擤鼻涕，有點抱歉的樣子，說：「那種失去的感覺就像身體被刀切過一樣，真的很痛。」

「我想，這大概就是『切膚之痛』吧。」小光回答。

「切腹之痛？」星野叔叔急忙搖頭，「我想念小黑，可是不用切腹自殺吧。」

「不是『切腹之痛』，是『切膚之痛』，用來形容深刻難忘的感受。我記得外婆說過這個成語有兩個意思，一個出現在《易經》這本書中，表示危險即將到來。

但另一個就有趣多了。外婆說古時候有一個人被懷疑殺了人，經過一番嚴刑拷打，便承認自己是凶手，再加上血衣作證，於是被判處死刑。沒想到在執刑之前，有人出面自首，說自己才是真正的凶手，當初因為討債把人殺死。至於那件血衣其實是被冤枉的人哀求母親說：『給血衣也死，不給血衣也死，不如早點給就不用受那麼多痛苦了。』母親因為不忍心兒子受折磨，便用刀割傷自己的手臂流血所染成的假血衣。」

「好悲慘的故事啊。」星野叔叔嘆了一口氣，「不管是切腹還是切膚，那種痛真的很難受。」

小光點點頭，他在心裡許下願望，要是外婆的湯匙真的能讓他找到嘟嘟，他一定也會幫忙把小黑找回來的。

切膚之痛

【外婆說典故】

《易經．剝卦》

六四，剝床以膚，凶。《象》曰：剝床以膚，切近災也。

【小光聽明白】

比喻極為深刻難忘的感受與經驗。

【舉一而反三】

切身痛苦、感同身受

【故意唱反調】

事不關己、漠不關心

不屈不撓

無論如何，就是要堅持到底。

「今天的星野特製料理是什麼？快點端出來……」油條伯宏亮的聲音從前方的居酒屋傳來。

小光放下寫到一半的功課，三步併兩步的跑去居酒屋，因為好久不見的油條伯來了。

油條伯是外公、外婆的老鄰居，曾經在附近開過一家傳統早餐店，其中，炸油條是油條伯的拿手絕活，就跟變魔術一樣，原本平凡無奇的麵糰，只要經過油條伯的巧手揉捏，再從油鍋裡挾起時，就不是普通的油條了。

「哇，真的很像小狗耶。」曾經，小光捧著小狗形狀的金黃色油條，感覺很驚奇。

「那當然，以後有機會再炸一間動物園給你。」油條伯挑挑眉毛，對自己的作品很滿意。

只是，油條動物園還來不及完成，油條伯的早餐店就結束營業了。因為油條伯的年紀愈來愈大，體力再也無法負荷早餐店的辛苦工作，而孩子們又不願意接手油膩膩的生意，油條伯只好關掉早餐店，神奇的炸油條功夫也就走入了回憶之中。

「我說星野啊，你的炸蝦技術還要再練練，要是麵衣可以炸出荷葉邊，好吃又好看，那就太讚嘍。」油條伯用筷子挾著炸蝦品頭論足一番。

「油條伯的技術，普通人練個幾十年還炸不出來吧。」光爸邊說邊幫油條伯倒酒。

「別看我年紀大了，還是可以炸出漂亮又有型的油條……」油條伯呵呵笑著，舉起酒杯一飲而盡：「有時候，老東西才禁得起考驗。」

「如果油條伯願意傳授幾招，我一定第一個報名。」星野把剛切好的生魚片裝盤放到油條伯面前。

「咦，小光站在那裡做什麼？過來坐啊。」油條伯把長板凳拉開一些，讓小光坐到他身邊，「對了，聽爸爸說嘟嘟還沒找到啊？」

小光聞著油條伯身上散發的酒意，不知道該說什麼。

油條伯摸摸小光的頭，「別擔心，只要小光心裡想著嘟嘟，嘟嘟就一定會回來的。」

「我已經想好幾天了，可是……」小光悶悶的說。

「一定要很用力、很用力的想嘟嘟才行。」油條伯喝酒喝得滿臉紅通通的：「像我……很多人都覺得炸油條沒什麼了不起，但我就是想炸出不一樣的油條，我每天想、每天想，不屈不撓的去想去試，到最後還不是想炸什麼樣的油條，就能炸出什麼樣的油條。」

「『不屈不撓』？可是您以前炸油條之前，都會把麵糰扭得彎彎曲曲的啊。」小光比劃著。

「『不屈不撓』的意思和扭麵糰無關啦。」星野叔叔忍住笑意解釋：「我記得是子貢問孔子說：『為什麼君子比較喜歡樸實的玉而討厭有漂亮花紋的石頭？是

因為玉比較稀少嗎？』孔子回答：『並不是多和少的差別，而是玉就像君子的品德，溫潤有光澤，寧可折斷也不會彎曲，這樣的質地是再漂亮的石頭也比不上的。』如此堅持到底、不屈不撓的精神是令人敬佩的呀！」

「哇！沒想到你這個日本人……竟然懂這麼多……來，乾一杯。」已有醉意的油條伯，喝起酒來還是很勇猛。

「因為你們的文化就像無窮無盡的寶藏啊。」被稱讚的星野叔叔開心的笑著。

「寶藏……小光，來，油……油條伯跟你說，油條伯這輩子最重要的寶藏有三個……一個是我已經不在人世的老婆……一個是白白胖胖的麵糰……一個是又老又舊的鐵鍋……」油條伯醉得口齒不清了。

「我啊！每次炸油條之前……都會拜託麵糰和鐵鍋……請它們幫忙炸出好吃又好看的油條……然後拿起筷子在鐵鍋邊緣敲兩下……表示……表示……」

油條伯一邊說一邊揮舞著手勢，就好像手裡真有雙竹筷子，敲著那只又黑又油膩的大鐵鍋似的，只是，話還沒說完，油條伯的頭愈來愈低，終於趴倒在

桌子上呼呼大睡起來。

敲兩下？表示？小光看著醉得不省人事的油條伯，是表示什麼啊？

不屈不撓

【外婆說典故】

《荀子．法行》

孔子曰：「夫玉者，君子比德焉。溫潤而澤，仁也；栗而理，知也；堅剛而不屈，義也；廉而不劌，行也；折而不橈，勇也；瑕適並見，情也……。」

【小光聽明白】

意志堅定，不因為受阻礙而屈服。

【舉一而反三】

百折不撓、堅忍不拔

【故意唱反調】

一蹶不振、半途而廢

盲人摸象

東摸摸、西摸摸。

夜裡，小光躺在被窩中，看著外婆的湯匙，回想油條伯的醉話。

要用力去想……拜託麵糰和鐵鍋幫忙……再拿筷子敲兩下……

小光還記得從前敲兩下的時光，在舊舊的早餐店裡，油條伯、麵糰、鐵鍋和筷子就像是一個超有默契的小隊伍，咚咚兩聲，彷彿是一種暗號，沒多久，漂亮又好吃的油條就出現了。

啪！啪！小光拿著湯匙無意識敲著自己的臉，啪！啪！倏地，一個古怪的念頭闖進了腦袋，電光石火般，忽然燃亮了什麼，即使只有一瞬間。

小光急忙坐起來，在月光下，他仔細看著手中的湯匙，銀白色光芒閃映在湯匙表面，散發著神祕的微光……

如果，拿這把湯匙去敲嘟嘟用過的東西，是不是會有奇妙的事發生？

小光躡手躡腳溜去嘟嘟睡覺的地方，看見熟悉的軟墊，心裡揪了一下，因為以前不管他多麼輕巧小聲的行動，已經睡著的嘟嘟還是會睜開眼睛看著他，如今，睡墊上空無一物。

小光很用力的想著嘟嘟，然後舉起湯匙敲睡墊，噗、噗……噗、噗……他等著，什麼事也沒發生。不是睡墊？是小羊嗎？那是嘟嘟最喜歡的寵物布偶，噗、噗……噗、噗……同樣的聲音，同樣的結果。

難道是嘟嘟的飯碗？水盆？鍊子？梳子……小光四處找尋和嘟嘟有關的東西，他不想放棄任何機會，只要有一點點可能，他都要試。

叩！叩！不是這個。噹！噹！不是這個。叮！叮！也不是這個。咚！咚！沒反應。

「怎麼這麼晚還不睡，叮叮咚咚的在敲什麼啊？」光媽的聲音忽然從背後傳來，嚇了小光一跳。小光趕緊起身，順勢把湯匙藏在睡衣口袋裡面，他心虛的說：「沒有啦……因為自然老師要我們聽聽看家具發出的聲音。」

「是嗎？」光媽雖然不太相信，但還是輕聲的說：「好吧，快點把嘟嘟的東西收一收，時間很晚了，再不睡明天會起不來。」

小光沮喪的把嘟嘟的東西都抱進房間，堆放在牆角邊，他心想，為什麼油條伯敲兩聲，就可以炸出各種形狀的油條；為什麼自己敲了那麼多東西，卻什麼事也沒發生？難道是外婆為了安慰我，才編出時光鑰匙的故事嗎？

小光忽然覺得自己很幼稚，三更半夜不睡覺，就為了那個異想天開的念頭，「臭嘟嘟，都是你啦，我再也不要管你了。」小光突然生起悶氣來，把湯匙往書桌的方向一丟，叩的一聲，打到了桌腳……

「唉唷！」忽然從書桌底下傳來奇怪的哀號聲。

小光嚇了一跳，難道嘟嘟回來了？他趕緊打開燈，眼前只有書桌、椅子、書包，和堆成一疊的課本，根本沒有嘟嘟，或是其他會發出聲音的東西。

鬼？小光忽然覺得背脊發涼，他瞪大眼睛搜尋書桌底下，雖然有小朋友說他家是鬼屋，但小光從小到大，連個鬼影子都沒見過，才不信家裡有鬼，但現在，鬼終於出現了嗎？

「我說啊，你這樣盲人摸象也不是辦法。」書桌又傳來聲音，而且還提到小光今天才在學校跟同學分享過的成語。

「『忙人摸象』？很忙的人怎麼會摸大象呢？摸魚還差不多吧。」機車王一聽到這個成語，就自以為幽默的接話，還呵呵笑起來。

在同學的噓聲中，機車王終於閉嘴，讓小光繼續說故事：「從前，印度有一位國王，養了許多隻大象，有一天，他請一群盲人到皇宮裡玩，問他們知不知道大象的模樣。盲人說不知道，國王就叫人牽一頭大象到他們面前，請他們摸摸看。摸到象牙的人說大象像蘿蔔；摸到象耳朵的人說像畚箕；摸到象頭的人說像石頭；摸到象腳的人說像柱子；摸到象背的人說像一張床；摸到象尾巴的人說像一條繩子。國王聽完了哈哈大笑，原來盲人都把自己摸到的部分當成大象的樣子。所以這個成語的意思是告訴我們觀察事物時，不能只看事情的一面，一定要了解全貌才好。」

早上才剛和同學分享的成語，竟然會在夜裡的書桌底下聽見，而且還不知道究竟是什麼東西發出的聲音……

盲人摸象

【外婆說典故】《大般涅槃經．卷三〇》

譬如有王，告一大臣：「汝牽一象，以示盲者。」爾時大臣受王敕已，多集眾盲以象示之。時彼眾盲，各以手觸，大臣即還……

【小光聽明白】比喻觀察事物以偏概全，不能了解真相。

【舉一而反三】各執一詞、管中窺豹

【故意唱反調】洞見全貌、明察秋毫

小心翼翼

要保護好對你有意義的東西，將來才不會後悔。

「你是誰？幹麼躲在那裡裝神弄鬼？」小光用力吞了一口口水。

「我沒有躲啊，你不是已經看見我了。」書桌又傳來聲音。

「你再不出來，我就要大叫了。」小光感覺到全身的雞皮疙瘩都爬起來了。

「我已經出來啦。」書桌說。

小光仔細瞧著前方，書桌底下空無一物，根本沒辦法躲人，毛骨悚然的感覺讓小光雙腿發軟，「你……你不要嚇我了，你是鬼……有鬼啊……」

「拜託！」書桌的聲音顯得很不以為然，「真是傷腦筋，要說幾遍你才會相信，我、不、是、鬼，我、是、書、桌。」

「你騙人，書桌怎麼會說話？你一定是鬼，你就是鬼。」小光才不信。

「對啦！對啦！這間屋子確實有一隻鬼，就是你這隻膽小鬼。哈哈！」書桌笑得很開心，整張桌子都在搖晃。

「你才是膽小鬼。」小光拿起枕頭砸向書桌，希望可以讓書桌閉嘴。

「欸！哪有說不過人家就丟東西的。外婆以前不是教過你要敬老尊賢嗎？」書桌繼續說。

「你認識我外婆？」小光很驚訝。

「那當然，我還認識你的外公、爸爸、媽媽和嘟嘟。」書桌的語氣聽起來像是老朋友似的。

「可是外婆說的敬老尊賢是要敬重年老與有賢德的人，你又不是人。」小光不敢相信此刻所發生的一切。

書桌先清清喉嚨：「小光，不是只有人才要尊敬，對於這世間賦予我們一切的萬事萬物，都要感恩才是。像我，雖然只是一張木頭桌子，但是我很感謝陽光、空氣、雨水，讓我可以健康長大，甚至還能夠變成一張有用的書桌。」

小光聽得一愣一愣的，他看著眼前這張又老又舊的書桌，懷疑自己是不是

在作夢。可是，當他用力捏著大腿，疼痛的感覺卻又如此真實，表示這一切不是夢。

「我跟你說啊，要不是當年你外公從垃圾堆裡把我撿回家，不嫌我又老又髒，還幫我重新整理了一番，說不定我早就被丟進垃圾焚化爐燒成灰了。」書桌說到這裡，語調愈來愈感性：「你外公比我的前主人好太多了，無論是閱讀還是寫字，對我總是小心翼翼。」

「小型蟻？原來那時候你身上就會爬螞蟻喔？」小光記得偶爾會在書桌上看到一、兩隻落單的小螞蟻。

「什麼小型蟻？你聽到哪去了，是『小心翼翼』。」書桌刻意用字正腔圓的發音讓小光聽清楚：「三、四千年前的周文王，做事非常謹慎小心，完全以上天的旨意來治理國家，據說上天也因此特別庇佑他。在他的帶領之下，國家十分繁榮興盛，四方的諸侯國也紛紛歸附。後來的人便用『小心翼翼』這個成語，形容一個人舉止謹慎，不敢疏忽。」

「沒想到你還會說故事。」聽木頭桌子說故事，小光覺得很驚奇。

「其實我知道的故事還不少，這可要歸功於你的外公、外婆和媽媽，他們在我身上讀了不少書。當然啦，最近還加上比較用功的小光。」被書桌稱讚，小光有些不好意思，不知道該怎麼回應才好。

看著這張已經祖傳三代、滿腹學問的書桌，小光忽然覺得自己以前對它太隨便了，「我……在你身上亂畫……你應該不會生氣吧？」小光怕書桌會記恨。

「如果我在你身上亂畫，你會不會生氣呢？」書桌反問他。

小光不好意思的吐吐舌頭。

「對了，為什麼以前從沒聽你說過話呢？」小光慢慢卸下心防。

「因為沒人找我聊天啊。」書桌又恢復先前輕鬆的語調。

「那為什麼你今天會忽然說話呢？」這是小光最想知道的事。

「因為時光鑰匙打開了我。」書桌簡單的回答。

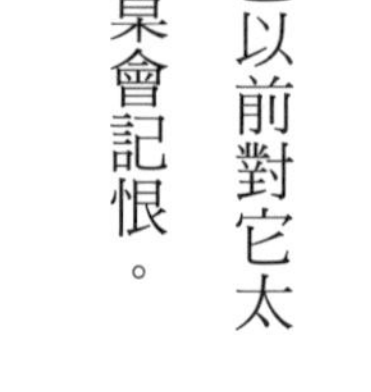

小心翼翼

【外婆説典故】

《詩經．大雅．大明》

大任有身，生此文王。維此文王，小心翼翼。昭事上帝，聿懷多福。厥德不回，以受方國。

【小光聽明白】

形容舉止十分謹慎，不敢懈怠疏忽。

【舉一而反三】

謹言慎行、戰戰兢兢、臨深履薄

【故意唱反調】

粗心大意、敷衍了事

第二章

嘟嘟的隱藏版禮物

愚公移山

難道愚公也是變形金剛？

時光鑰匙？書桌的話重重的撞擊了小光一下，原來，外婆沒有騙他，真的有一把時光鑰匙可以幫他找回嘟嘟。

小光急忙爬到書桌底下，撿回那支被他丟出去的湯匙，「外婆說這支鑰匙可以打開任何我想去的地方，是真的嗎？」

「你不是已經打開我了？」書桌覺得莫名其妙。

「你可以帶我去找嘟嘟嗎？」小光握著湯匙激動的說。

「這我就沒辦法了。」書桌的回答潑了小光一頭冷水。

「為什麼？」小光急得大喊。

聲音未落，小光發現自己已經不在房間裡面，而是站在一座大山前，附近

有一個白髮蒼蒼的老人拿著鏟子賣力的挖土，再遠一點的地方，還有一些人也在挖土。

「小子，愣在那裡幹麼？趕快幫忙挖啊。」忽然，老人對小光大喊。

「喔。」小光雖然不知道要挖什麼，但也低頭四處找尋可用的工具。

「這個給你用。」一個孩童的聲音出現在小光身後。

小光轉過頭，只見小男孩圓圓亮亮的大眼睛，有種似曾相識的感覺。

「謝謝。」小光接過鏟子，對男孩道謝。

「為什麼老爺爺要這麼辛苦鏟土啊？他的年紀應該很大了吧，是在做運動嗎？」小光想起以前外公也喜歡在小花園裡種花種草什麼的。

「爺爺今年已經九十歲嘍。」小男孩把鏟好的土倒進旁邊的竹簍，「因為爺爺覺得擋在他們家前面的太行、王屋兩座大山讓他出入很不方便，所以想把這兩座山搬遠一點。」

「要幫山搬家？」小光抬頭看著眼前的高山，再看看老爺爺以及自己手中的小鏟子，覺得不可思議，「不可能吧，大概只有變形金剛才做得到。」

「變形金剛？」小男孩好奇的問。

「是啊，像柯博文那樣的機器人才有可能把山搬來搬去。」小光比劃著電影裡的動作。

「咦？你是哪家的孩子，怎麼沒見過你？」老爺爺忽然走到小光身邊，他瞧了瞧小光，隨即大笑起來：「管他的，只要能多一雙手幫忙，速度就會更快了。」

「爺爺，您覺得這樣挖土真的可以把山搬遠一點嗎？」小光問。

「咦？你的問題怎麼跟我家的老太婆，和那個叫智叟的笨老人問的一樣。」老爺爺邊說話邊搖頭，卻沒停下鏟土的動作。

「我只是覺得……這可能要花很長時間才能完成。」小光不好意思的回答。

「我家老太婆就說我那一丁點力氣，連個小小山丘都破壞不了，怎麼可能剷平兩座大山？還有那個智叟，說我活不了多久了，幹麼浪費時間去移山？」老爺爺很不以為然的擺擺手，「哼！我才不跟他們一般見識，我雖然死了，還有我的兒子啊，兒子又生孫子，孫子又生曾孫，世世代代傳遞下去就能夠不斷移山。反正山又不會長高，為什麼不能把山剷平呢？」

小光聽得目瞪口呆，真是有毅力的老爺爺啊。突然，他想起這樣的情節似乎在哪裡聽過，老爺爺移大山……是啊，外婆說過類似的故事……後來山神知道了這件事之後，害怕愚公真的會把山剷平，趕緊向天帝報告。天帝被愚公的毅力感動，便命令大力士夸蛾氏的兒子把兩座山搬走，從此河南到漢水一帶再也沒有大山阻隔，愚公的心願也就達成了。

「您就是愚公？」小光興奮的大喊：「我知道『愚公移山』的故事！外婆說過這是用來比喻努力不懈，終能達成目標的意思。」

瞬間，前方的大山竟然開始動搖，震得小光撲倒在地，而漫天的塵土扎得小光眼睛都睜不開。

忽然，小光覺得臉癢癢的，當他張開眼睛，竟看見一隻小白狗正賣力的舔著他的臉，是嘟嘟，是嘟嘟小時候的模樣。

小小的，白白的，毛捲捲的，黑亮亮的圓眼睛，溼溼的鼻頭和粉紅色的小舌頭，當小光第一次在流浪動物之家看見這隻剛出生沒多久的小狗時，就愛上牠了。

小光把小白狗胖胖的身軀抱個滿懷，他認真的看著小白狗的眼睛說：「我要叫你嘟嘟，因為你是全世界最可愛的胖嘟嘟。」

「小光要記住喔，這是一隻有生命的小狗，絕不是玩膩了就丟在一邊的玩具，要好好照顧牠，知道嗎？」光爸說。

「嗯。我一定會好好照顧牠的。」小光用力點頭。

他低下頭嗅聞著小狗身上的乳香味，就是這個讓他永遠忘不了的味道……

愚公移山

【外婆說典故】

《列子．湯問》

北山愚公者，年且九十，面山而居。懲山北之塞，出入之迂也，聚室而謀，曰：「吾與汝畢力平險，指通豫南，達于漢陰，可乎？」雜然相許……遂率子孫荷擔者三夫，叩石墾壤，箕畚運於渤海之尾……

【小光聽明白】比喻努力不懈，堅持到底。

【舉一而反三】鐵杵成針、精衛填海

【故意唱反調】半途而廢、知難而退

笑裡藏刀

假裝對你好，卻又故意陷害你的人，是最可怕的。

「小光，快點起床了，要遲到嘍。」光媽的聲音忽然從耳邊傳來。

小光迷迷糊糊睜開眼睛，卻在瞬間就清醒了，他趕緊掀開身上的棉被，只見到枕頭……

「嘟嘟呢？牠不是回家了嗎？」小光四處張望著。

光媽好像沒聽見他的問話，簡單的說：「趕快去刷牙洗臉，制服穿好就來吃早餐。」

光媽離開房間後，小光惆悵的坐在地板上，原來嘟嘟沒有回來，這只是一場夢而已。他忽然瞄到擱在一旁的湯匙，昨天夜裡經歷的一切一閃而過，時光鑰匙、會說話的書桌，竟是那樣的不可思議。

小光撿起湯匙蹲在書桌旁邊，叩叩敲兩下，沒有回應；再敲桌腳兩下，還是沒有回應。

「為什麼不再說話了？你不是還取笑我是膽小鬼嗎？」小光有點賭氣似的拿著湯匙把書桌都敲遍了，只是，房間裡只剩下空洞的敲擊回聲。

到了學校後，小光無精打采的坐著，米其林擔心的問他：「你怎麼啦？臉臭臭的，被媽媽罵了喔？」

小光搖搖頭，不知道該怎麼跟米其林說書桌及愚公移山的事，因為外婆說過不能對任何人提起這件事。

「咦？你的鉛筆盒裡幹麼放一支湯匙？想跟人家要飯吃嗎？」機車王的聲音突然從背後竄出來。

米其林嚇了一跳，「背後靈！你也管太多了吧！」

「你才是妖魔鬼怪哩，我關心同學也不行嗎？如果小光沒飯吃，我可以把吃剩下的便當分給他啊。」機車王辯解著。

「你以為你在餵豬喔！」

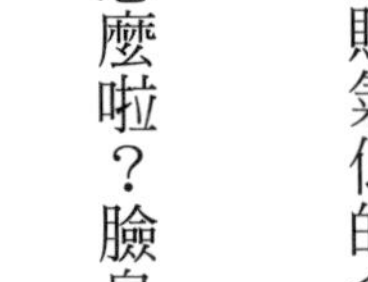

「你說小光是豬？我可沒說喔。」機車王故意撇清。

米其林氣得臉都漲紅了，「哼！笑裡藏刀。」

「我哪有在學校藏刀？我要告訴老師說你誣賴我。」機車王大聲抗議。

「好了，好了，別吵了。」小光揮揮手要兩邊休兵。

沒想到自己一句話都沒說，竟還能讓兩個人吵得不可開交。

「機車王，『笑裡藏刀』的意思並不是說你把刀子藏在學校，那是一句成語啦。」小光抓抓頭思考著該怎樣解釋給機車王聽。

「對啊，我又沒有說你偷帶刀子來學校。」米其林撇撇嘴。

「我記得那是唐代發生的故事，當時有一個人叫李義府，與人相處時總是面帶微笑又謙恭有禮，就像一個好人似的，但事實上，他卻是一個心胸狹窄的人。等當上高官之後，如果有人不順從他的意思，他就想盡辦法陷害對方。當時的人就形容他是『笑中有刀』，還幫他取了一個綽號，叫『李貓』，說他像貓一樣，貌似柔順，卻會害人。後來『笑中有刀』就演變成『笑裡藏刀』，形容一個人外貌和善，內心卻陰險狠毒。」

小光說完故事後盯著機車王看，擔心他會因為米其林罵他而生氣。

沒想到機車王聽完故事後想了半天，自顧自似的開始說話：「李貓？會不會就是後來的貍貓呢？你們有沒有看過貍貓啊？長得還滿可愛的。我以前去北海道的時候，有看過戴斗笠的貍貓，在路邊站一排，圓圓胖胖的好好笑喔。」

小光和米其林面面相覷，什麼跟什麼啊？明明是在罵他，竟然還可以扯到十萬八千里遠……會不會機車王其實聽懂了，只是假裝不懂？

笑裡藏刀

【外婆說典故】

《舊唐書．李義府列傳》

義府貌狀溫恭，與人語必嬉怡微笑，而褊忌陰賊。既處權要，欲人附己，微忤意者，輒加傾陷。故時人言義府笑中有刀，又以其柔而害物，亦謂之「李貓」。

【小光聽明白】

比喻外貌很和善，內心卻陰險狠毒。

【舉一而反三】 口蜜腹劍、綿裡藏針

【故意唱反調】 貌善心慈、心口如一

一見如故

明明是第一次見面，卻像認識很多年的老朋友。

「小光怎麼跑得這麼喘？今天有卡通完結篇嗎？」正在花園澆花的光爸納悶的問。

小光頭也沒回就跑進房間裡。今天一放學，他用跑百米的速度衝回家，連每天都會停下腳步看一遍貼有嘟嘟的尋狗啟事的寵物店，都只是匆匆經過。

小光氣喘吁吁的從鉛筆盒裡拿出湯匙，跪在書桌邊說：「我想白天的時候你還在睡覺，所以才沒回應，現在應該起床了吧。」

叩、叩……叩、叩……叩、叩……小光等了半天，什麼事都沒發生。

「為什麼不理我？為什麼？」小光拿著湯匙用力敲了桌腳一下，想把書桌敲醒，沒想到一失手，湯匙不僅把桌腳的表面敲掉了一小塊，也劃到自己的腳，

出現一道紅印子。

微微的疼痛傳來，讓小光像洩了氣的氣球，他看著被破壞的書桌，那可是外公的書桌啊，他不明白自己為什麼要把現實和夢境扯在一起？不就是一場夢而已嗎？

「對不起。」小光對著書桌道歉，然後趕緊用膠帶把剝落的木片黏回桌腳表面。

「那可是外公的寶貝喔。」光爸的聲音在背後響起。

小光回頭看著爸爸，慚愧的說：「我不是故意的。」

「可別看這房子裡的東西都很老了，」光爸蹲下身子，輕輕撫著桌腳上的膠帶痕跡，「這裡的每一樣東西都很獨特，幾乎是無可取代的。小光一定要細心對待它們，知道嗎？」

小光點點頭。

「啊！這真是一間很棒的老房子。」爸爸抬頭看了看房間裡的一切，「當年我和你媽結婚之後，知道她並不想接手外公的居酒屋生意，雖然我對這一行完

全陌生，但想到如果以後沒人照顧這間老房子，說不定沒多久它就會逐漸毀壞，甚至變成廢墟，所以決定辭掉工作，留在居酒屋幫忙。」光爸的眼神似乎走進了時光隧道之中，「你知道嗎？這間老房子裡所有的東西都記載著最珍貴的回憶。」

「回憶？」小光問。

「嗯。外公、外婆在這裡生活的回憶；媽媽在這裡成長的回憶，爸爸、小光還有……嘟嘟，老房子裡的每一樣東西，都記載著我們在這裡生活的回憶。」聽到爸爸這樣形容，小光忽然覺得這間老房子再也不是別人取笑的鬼屋，而是一座散發著回憶光芒的豪宅。

「當時接下居酒屋的工作之後，第一關就是學作菜，以前我煮的菜很難吃，媽媽形容那是狗食，」光爸呵呵笑起來，「幸好外公不嫌棄，願意從頭教我做料理，但我想我的天分還是不夠吧，後來外公從客人當中，找到之前在日本當料理師傅的星野來幫我，這家店終於可以繼續維持下去了。」

「星野叔叔以前是居酒屋的客人？」小光問。

「是啊，他說第一次踏進這間居酒屋的時候很開心，因為他最愛美食和古董

了，沒想到在臺灣竟然有一家可以讓他坐在古董堆裡享受美食的居酒屋，簡直就是一見如故。」光爸說。

「一見如故？」小光不懂。

光爸想了一下，「就好像你和某個人第一次相遇，相處很融洽，像老朋友一般。我記得這是春秋時代的故事了，當時吳國的公子季札到鄭國拜訪，初次見到大夫子產，兩人聊得很高興，感覺就像認識很久的老朋友。這就是『一見如故』的意思。」

小光想起昨晚的夢境，夢中的他回到了和嘟嘟初相遇的時候，那也是一見如故吧，想到這裡，他的心底突然一陣抽痛。

這時，星野叔叔大聲喊著要光爸去幫忙，光爸離開之後，小光躺在地板上，盯著上方泛著舊木頭光澤的屋梁。

老房子裡的每一樣東西都記載著我們在這裡生活的回憶……坐在古董堆裡享受美食……一道念頭閃過，小光倏地起身，看著眼前再也不說話的書桌，「是不是愈老的東西就有可能是時光鑰匙的……」小光想到了外公、外婆的房間。

一見如故

【外婆說典故】《左傳・襄公二十九年》

（吳公子札）聘於鄭，見子產，如舊相識，與之縞帶，子產獻紵衣焉……

【小光聽明白】形容第一次見面就和樂融洽，像老朋友一般。

【舉一而反三】相見恨晚、一面如舊

【故意唱反調】白頭如新

物以類聚

真好，我們都是同一國的。

小光輕輕拉開外公、外婆房間的紙門，房裡一片黑暗，看起來很可怕，但他不敢開燈，因為媽媽說過沒經過允許，不可擅自進到別人的房間。只是，在這個非常時期，小光猜想在天堂的外公和在快樂社區的外婆應該不會介意的，不過他還是有些心虛。

房間裡很暗，雖然有外面透進來的微光，但小光仍是怕怕的，因為這間房間已經好久沒人住了。他緊緊握住湯匙，沿著牆邊摸索前進，叩叩，衣櫃，沒有回應；叩叩，梳妝桌，沒有回應，叩叩……叩叩……

忽然啪的一聲，房間裡的燈亮了起來，好刺眼，小光眨眨眼睛後才發現媽媽就站在門邊。

「你在做什麼？叩叩叩的在敲什麼東西啊？」媽媽皺著眉頭問，「自然老師交代的作業還沒做完嗎？」

小光當然乖乖的點了點頭。

「敲完就趕快出來吃晚飯了。」媽媽說完就轉身離開。

小光才覺得鬆了一口氣，沒想到媽媽又探頭進來，「對了！小光，明天本來想帶你和油條伯去探望外婆的，可是媽媽臨時要加班，小光可以陪油條伯去找外婆嗎？」

「沒問題。」小光爽快的答應了，因為他有好多的問題想問外婆呢。

隔天，小光和油條伯轉了兩班公車才到達快樂社區，外婆的狀況似乎還不錯，看見小光和油條伯立刻就認出他們了。

「媽媽沒跟你一起來啊？」外婆接過小光帶來的水果。

「本來要一起來，但臨時去公司加班。」小光說。

「這樣啊。對了，我說阿貴啊，怎麼沒帶太太一起來？我們好久沒見嘍！」

阿貴是油條伯的名字。

油條伯看著外婆，眼神顯得複雜，過了一會兒才笑著揮揮手，「我老婆去爬山啦。對了，聽小光說你在這裡過得不錯，一切都好嗎？」

小光聽媽媽說過油條伯的太太去世後，就安葬在郊外的山坡上。

「還不錯啊，沒什麼事好煩惱的。」外婆笑笑的說。

「看起來我也應該搬過來，而且沒煩惱真是太好啦……」油條伯說他想四處逛逛，看看環境。

油條伯一走出門，小光馬上跟外婆說書桌會說話的事。

「你看到嘟嘟了？」外婆把切好的水梨拿給小光吃。

「是啊，而且是嘟嘟小時候，我還抱著牠，是真的抱著牠喔，牠的身體熱熱的，我還答應爸爸要照顧嘟嘟。」小光形容當時的一切。

外婆聽了微微一笑，「這就是嘟嘟帶給你的第一個禮物。」

「禮物？」小光不太明白。

「有了嘟嘟之後，你開始學會照顧別人了。」外婆說得簡單卻清楚。

小光想起自己小時候，很多事都丟給大人收拾善後，直到遇見嘟嘟，並決

定要把牠帶回家時，在承諾的當下，就是責任的開始。

「那個禮物就是『責任』對不對？」小光認真的說。

「小光很聰明喔。」外婆微笑，摸摸小光的頭：「永遠不要忘記嘟嘟送給你的禮物。」

「可是，外婆，我要怎麼做才能把嘟嘟找回來……是不是只要把嘟嘟送的禮物都找到，就能找回嘟嘟？」小光著急的從背包裡拿出湯匙，「您給我的鑰匙只能打開書桌，其他的東西都不行。」

外婆凝視著小光的眼睛，「這得要看你嘍。」

「我有去外婆的房間試過，但……」小光覺得很洩氣。

「我想想『物以類聚』這個故事是怎麼說的呢？」外婆拍拍臉頰回想著：「記得是戰國時候，齊宣王請大臣推薦有才能的人，結果淳于髡一下子就推薦了七個，齊宣王覺得淳于髡是隨便應付了事，因為真正的人才是很難找到的。結果淳于髡回答齊宣王說：『世界上很多東西都是按類別來聚合的，像鳥就喜歡和鳥在一起，野獸就喜歡和野獸結伴，什麼道理呢？那就是物以類聚啊！如果大王

認為我是賢士，那麼和我往來密切的人，當然也就是有才德的人，別說是七個，再多推薦幾個也不是問題。』」

物以類聚和找嘟嘟有什麼關係呢？小光正想問外婆的時候，外婆剛好起身說想去洗手間，要小光等一下。

外婆進去洗手間後，油條伯出現在房門口，他一邊走進來一邊笑嘻嘻的說：「不錯不錯，真不錯，我要好好計劃一下，跟你外婆當鄰居啊。」

只是沒想到，當外婆打開洗手間的門時，乍見坐在沙發上的油條伯和小光，像是被嚇到似的，眼神忽然變得很陌生，「咦？你們來找誰啊？」

「外婆！我是小光啦，這是油條伯啊！」小光大聲說著，彷彿聲音大一點，就能把外婆喚醒，把外婆叫回來。

外婆看著他們，有點害羞的微笑著，看不出她到底記不記得他們。

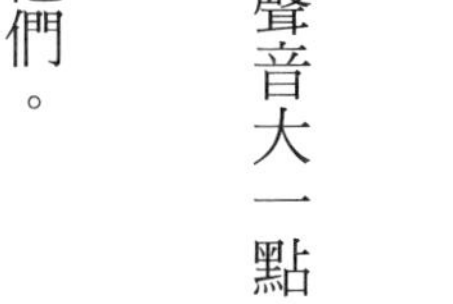

物以類聚

【外婆說典故】《戰國策．齊策三》

天尊地卑，乾坤定矣。卑高以陳，貴賤位矣。動靜有常，剛柔斷矣。方以類聚，物以群分，吉凶生矣……

【小光聽明白】形容性質相近的東西常聚集在一起。

【舉一而反三】物從其類、同氣相求

【故意唱反調】道不同不相為謀

甘之如飴

愈苦的東西，味道就愈甜美。

天還沒亮，小光就醒來了，他躺在床上，仔細回想著昨天外婆說的故事。物以類聚？難道時光鑰匙能打開的地方都要跟書桌有關？書桌是木頭做的，他已經敲過很多木頭做的東西了，卻只有書桌有回應。

小光翻身下床走到書桌旁邊查看，想找出不一樣的地方，當他仔細端詳著桌腳時，隱約之中，傳來了尿騷味。

那是嘟嘟偷尿尿的痕跡，雖然已經擦拭過很多次了，卻怎麼也消不去。

這時，外婆昨天說的故事忽然跟著尿騷味竄進他的鼻尖，奇妙的感覺湧上心頭，小光立刻起身從鉛筆盒裡拿出湯匙，尋找下一個可能。

放置在牆邊的衣帽架。這個曾經掛過外公、外婆衣服的原木衣架，木身雖

然已經斑駁，但到現在依然堅固耐用，而且嘟嘟也在這裡偷尿過。

小光深吸一口氣，拿起湯匙對著嘟嘟尿過的地方，叩叩……

「呵——」突然，瘦瘦高高的衣架傳來了細細的聲音，像打呵欠似的，「你找我？有什麼貴事嗎？」衣架開口說話了。

小光很激動，拚命點頭說：「有事、有事。我想請你帶我去找嘟嘟。」

「嘟嘟？」衣架的聲音瞬間拔高，有些刺耳的說：「你是說那隻把我搞得臭不啦嘰的小狗嗎？幹麼找牠？我已經受夠牠的尿騷味了。哼！」

「對不起。」小光趕緊道歉。

「咦？奇怪了，又不是你偷撒尿的，幹麼跟我道歉？你那麼愛道歉嗎？」衣架的口氣似乎有些不耐。

「是我負責照顧嘟嘟的，卻沒有管好牠，真是不好意思。」小光誠心低下頭來表示歉意。

只要衣架願意帶他去找嘟嘟，再多的責難，小光都願意承受。

小光不敢抬頭，耐心等著衣架回心轉意，然而過了半晌，卻沒聽到任何聲

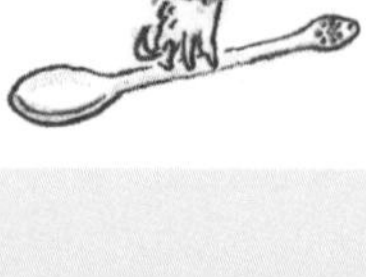

音。小光偷偷瞄了一下，卻讓他不自覺的倒退好幾步，原來他在的地方，已經不是房間，而是一個好大的山坡，前方還有好幾個婦人正忙著採收東西。

小光正想起身時，忽然有人大喊「小心！」，並推了小光一把。

小光整個人撲倒在草地上，同時，他看到一尾色彩斑斕的大蛇從身邊竄過，嚇得他冒出一身冷汗。

「你還好吧？」一位陌生的年輕人繞到小光面前拉著他起身。

小光驚魂未定，眼睛直瞪著對方。

「真的好險，差一點就被毒蛇咬到了。」年輕人輕輕拍去小光身上沾著的枯草枝。

眼前的人皮膚晒得黝黑，眼睛炯炯有神，頭髮捲捲的，看起來性格很爽朗。雖然是第一次遇見，小光總覺得似乎在哪裡見過他。

「謝謝你救了我。」小光感激的說。

「別客氣，沒事就好。你自己當心，我要繼續去忙了。」年輕人一邊說一邊彎身撿起從背上竹簍中散落的綠葉。

小光也幫忙撿拾，「這些葉子是要拿去賣的野菜嗎？」

「野菜？這些是葛草，要拿去做衣服的。」年輕人回答。

「衣服？」小光的腦海裡忽然出現歷史課本中穿著樹葉內褲的原始人照片，差點噗嗤笑了出來。

「怎麼啦？」年輕人好奇的看著他。

小光搖搖頭。

「可別小看這些不起眼的葛草，先前大王勾踐送葛草做的衣服給吳王夫差，沒想到夫差很喜歡這些輕盈又透氣的衣服，便賞賜許多禮物給勾踐，所以勾踐就請大家採集更多的葛草織成布料獻給夫差。」年輕人解釋著。

勾踐？夫差？小光恍然大悟，原來自己回到了春秋時代，他還記得外婆說過臥薪嘗膽的故事。

「夫差不是會欺負勾踐嗎？為什麼大家還要做衣服送他？」小光看著那些辛苦採收葛草的婦人們。

年輕人笑笑的說：「這就是勾踐的計謀了，而且，大家都明白他忍辱負重的

服侍夫差是為了什麼，也就願意幫忙做更多的事。有人還做了一首〈苦之詩〉來讚美勾踐，我記得其中有一句『嘗膽不苦甘如飴』，就是在描述勾踐嘗的雖然是很苦的膽囊，卻把它當成是甜美的蜜糖。」

甘如飴？甜美的蜜糖？小光想起在電視上看日本大胃王比賽時，主持人曾用「甘之如飴」這個成語來形容那些已經吃得很飽、很痛苦，卻依然大口吞食的選手。

「原來這就是『甘之如飴』的意思啊。」小光終於懂了。

這時，竹簍裡的葛草忽然一片片快速飛出，像是被施了魔法一樣，變成了漫天的綠色瀑布，把小光整個人圍困在裡面，小光感到驚慌，不明白發生了什麼事……

突然，從瀑布中間伸進一個溼溼的小鼻子，到處嗅聞著；接著，毛絨絨的腳掌也踩進來到處亂抓，小光睜大眼睛看，竟然是嘟嘟。

像是聞到香噴噴的骨頭似的，嘟嘟愈挖愈興奮，最後，整個身體穿過綠瀑布撲在小光身上，用力搖著尾巴像喝采著牠的發現。那是他們倆最喜歡的捉迷藏遊戲，無論小光躲得多隱密，無論要花多少時間，嘟嘟就是有辦法找到他。

「喂！你真的很堅持耶，」小光笑呵呵的躲開嘟嘟的口水攻勢，「不管我躲在哪裡，就是逃不開你。」

小光開心的看著快樂的嘟嘟，忽然想起外婆的話，不要忘記嘟嘟送你的禮物，原來，嘟嘟送的第二個禮物，就是——堅持。

甘之如飴

【外婆說典故】 《吳越春秋．勾踐歸國外傳》

采葛之婦傷越王用心之苦，乃作〈苦之詩〉，曰：「葛不連蔓棻臺臺，我君心苦命更之。嘗膽不苦甘如飴，令我采葛以作絲……

【小光聽明白】 比喻樂於承擔艱苦的事，或處於困境卻能甘心領受。

【舉一而反三】 心甘情願、安之若素

【故意唱反調】 苦不堪言、勉為其難

千金一笑

誰的笑這麼昂貴？笑一次要千兩黃金。

「怎麼還賴在床上不起來呢？快一點，免得上學又要遲到了。」光媽站在房門外大喊。

「喔！」小光回應著，他拉開棉被看了看，好希望嘟嘟就躲在裡面，像以前一樣，只是期望的結果總是落空。

小光不明白，為什麼時光鑰匙可以帶他進入異空間，卻沒辦法讓他把嘟嘟帶回來，他明明把嘟嘟抱得好緊好緊啊。

到了學校，小光一直心不在焉，滿腦子都在想著該怎麼做才能把嘟嘟帶回家，他不自覺的拿著鉛筆叩叩叩敲著桌面。

「喂！不要再敲了！老師在看你了啦。」忽然有人拍了小光一下，他轉頭

看，是米其林。
「什麼事？」小光問。
「她叫你不要再敲桌子啦，叩叩叩的，大家還以為在佛寺拜拜呢。」機車王故意學和尚敲木魚的樣子，引得同學一陣爆笑。
「好了，好了。」秦老師制止大家，「繼續上課嘍。為了讓小光專心一點，我們請小光來唸這一段成語故事。」
小光瞪著課本，整個腦袋一片空白，完全不知道要唸哪裡，幸好米其林告訴他範圍，適時幫小光解危。
機車王看到小光上課分心竟然沒被老師處罰，就大聲嚷嚷：「不公平，為什麼同樣上課不專心，我的ＰＳＰ就要被沒收，還要罰站，小光就只要唸課文，不公平。」
秦老師轉頭看機車王，「你應該可以分辨出其中的不同吧。老師不是說過不可以帶電動玩具到學校嗎？而且你還在上課的時候玩。」
機車王知道自己理虧，不敢再說什麼，卻仍不服氣的做鬼臉表示抗議。

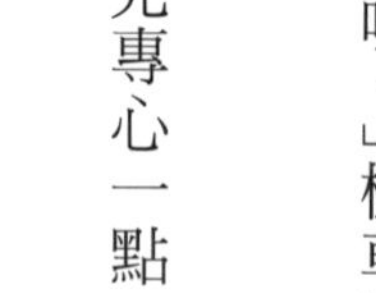

「好了，小光，唸一下『千金一笑』的故事。」秦老師示意小光唸課文。

小光起立，大聲唸出內容：「西周幽王很喜歡美女，其中有一個寵妃叫褒姒，最得周幽王的歡心，只是褒姒不喜歡笑，周幽王便下令有誰能讓褒姒展現笑容，就賞他千兩黃金。有個奸臣向周幽王獻計，請周幽王帶褒姒登上驪山，然後命人點燃烽火臺上的烽火。當代表敵人入侵的烽煙四起時，附近的諸侯便趕緊率領大軍前來營救，等到百萬雄兵集合在驪山時，卻只看到周幽王和褒姒站在城牆上哈哈大笑，所有人都覺得被騙了相當生氣，只有周幽王還因為褒姒笑了而高興得賞賜千金給奸臣。這樣的玩笑開過幾次以後，諸侯再也不上當了。後來，敵人果真入侵，周幽王下令點燃烽火，但是這次卻沒有救兵趕來，結果，周幽王被敵人殺死，褒姒也被擄走了。這就是『千金一笑』的故事由來，用來比喻美人一笑的珍貴。」

「不錯，小光請坐下。」秦老師再問大家：「聽完這個故事，有沒有人想發表一下心得？」

班長小魯第一個舉手：「我覺得這個故事跟〈狼來了〉一樣，常常開別人玩笑

的下場，就是沒有人會再相信你說的話。」

「好。還有誰想說呢？」秦老師環顧全班。

機車王舉起手：「這樣笑一笑就有千兩黃金，真是太好賺了。我比較便宜，我笑給你們看，一個人收十元就好。」

聽到機車王的回答，全班哭笑不得，沒想到這個警惕人要誠信的故事，還能啟發他賺錢的念頭，真不愧是機車王。

小光靜靜坐著，看著鉛筆盒裡的湯匙，只要嘟嘟能回來，他願意拿任何東西去交換，只要嘟嘟能回來。

千金一笑

【外婆說典故】

《東周列國志》

幽王問曰：「卿何故不笑？」褒妃答曰：「妾生平不笑。」幽王曰：「朕必欲卿一開笑口。」遂出令：「不拘宮內宮外，有能致褒后一笑者，賞賜千金。」

【小光聽明白】

比喻美人的笑容是很珍貴的。

【舉一而反三】

一笑傾城、一笑千金

大器晚成

有時候慢慢來才會成功。

夜裡，等到爸爸媽媽睡著之後，小光偷偷跑去居酒屋，在微弱的月光中，他看著居酒屋裡的一切。嘟嘟不曾在外公、外婆的房間偷尿尿，所以那裡不會有線索，而目前會讓他落入異空間的，都是嘟嘟尿過，並且是有歷史的老東西。

再來是什麼？小光的目光巡視著嘟嘟可能尿過的地方，最後鎖定牆角邊的瓷器花瓶。匡匡。小光用湯匙敲了花瓶兩下，等待著，沒回應。他記得嘟嘟在這裡尿過，而且這個花瓶也是外公留下來的東西，氣味、時間都吻合。匡匡。他又敲了兩下，還是沒回應。小光準備再敲第三次時，一個悶悶的聲音傳來……

「好了，好了，別敲了，再敲我就要破了。」花瓶制止他。

小光立刻放下湯匙，緊張的說：「我想請你帶我去找嘟嘟。」

「嘟嘟？你是說那隻喜歡把鼻子伸到我的喉嚨裡聞的狗？」花瓶故意問。

「就是牠，牠不見了，可以請你帶我去找牠嗎？」小光誠心拜託著。

「找牠？我是可以幫這個忙啦，不過你要答應我一件事，就是以後請嘟嘟離我遠一點，我可以忍受牠的尿騷味，但沒辦法接受牠隨便亂聞，這真的很沒禮貌耶。」花瓶抱怨著。

「一定。」小光立刻舉起五指併攏的手說：「我保證以後會看緊牠。」

這時，花瓶身上的彩繪花苞忽然慢慢抽長綻放，變成一朵好大的花，巨大的花瓣伸向小光的方向，才一會兒，花瓣竟然大到可以把小光全身捲起來，密不透風的感覺讓小光很緊張，他使出吃奶的力氣，用力扳開花瓣……

剎那，一道凌厲的劍光突然劃過小光的鼻尖，這時有人快速的從後面拉了小光一把，前有利劍，後有拉扯，小光一個重心不穩，跌坐在地上。

「你們是誰？怎敢闖進我的花園？若不是我收劍收得快，你早已人頭落地。」一個低沉的聲音傳來。

小光回神後才發現眼前是一個手執寶劍的老人，而身邊坐著一個和他年紀

相仿的男孩。

「對……對不起……我……」小光嚇得結結巴巴，說不出話來。

「你們怎麼會出現在這裡？」老人嚴厲的眼光直逼著他們。

這時男孩勇敢的起身，擋在小光面前，「我們不是故意的，請原諒。」

小光也站起來，小聲的說：「我想找嘟嘟，我的狗不見了。」

「狗不見了？」老人搖頭：「牠不會在這裡，你們找錯地方了，趕快走吧。」

小光和男孩準備離開的時候，他的眼光不自覺瞄向老人手上的劍，於是停下腳步，對著老人彎身道謝：「伯伯，謝謝您劍下留人。」

聽見小光這麼說，老人微笑著舉起手中的劍端詳，「雖然我年紀大了，但對於我的劍術，還是很有自信。」

「您練劍一定練很久了吧，才能收放自如。」小光說。

老人聽了哈哈大笑，「我崔琰的劍，是長眼睛的，當然不會殃及無辜。」

「謝謝老爺。」男孩也跟著致謝。

小光看著男孩，不明白他是什麼時候出現在自己身邊的，而且還救了自己

一命。一陣微風吹過，男孩身上傳來了一種熟悉的味道，是好聞的沐浴乳香味。

「既然你們跟我的劍有緣，如果你們不急著走，不如讓我來教你們幾招吧。」老人忽然說。

小光和男孩用力的點點頭，於是老人興致勃勃的從劍架上揀出兩把劍，交給他們：「別小看自己的能耐，要是每天都能苦練我教的招式，將來絕對會有用的。」

小光舉著重重的劍身，覺得手臂好痠，但仍乖乖的跟著老人一招一式的比劃，同時，也聽著老人述說自己的事。

原來老人年輕的時候只喜歡弄刀舞劍，對讀書一竅不通，有一次去拜訪一位很有學問的人，結果對方推託正在讀書不想見他。老人知道自己被嫌沒知識，感到很羞愧，就開始努力用功讀書，終於成為文武雙全的人，到後來還當上曹操倚重的文官。

「曹操？」聽到這個名字，小光手中的劍停了下來。

「怎麼啦？」老人也停住了。

小光搖搖頭，原來他跑到三國時代了。

「曹大人很器重我，願意讓我發揮所長，也讓我明白，有才能的人絕對需要時間的磨鍊才能成大器。」老人說。

這時，花園外有人大喊著：「崔琰大人，賓客到了。」

崔琰、曹操、有才能的人絕對需要時間的磨鍊才能成大器……小光忽然想起之前星野叔叔看到他進步的成績單後，引用了一個故事稱讚他，而裡面的人物就叫崔琰。

小光興奮的看著老人，「這就是『大器晚成』對不對？」

瞬間，老人手上的長劍閃爍著奇異的光芒，一道道散射在眼前，如同漫天的流星。小光感覺到臉上冰冰涼涼的，他伸手去碰，發覺那是水珠；忽然，大片水珠又噴了過來，濺得他滿身都是。小光低頭一看，竟看見剛洗完澡的嘟嘟正努力甩動身體，想把身體甩乾。

「嘟嘟！」小光興奮的彎下身子抱住牠，再也不管衣服會不會被弄溼了。

當小光用浴巾幫嘟嘟擦乾身體後，離開浴室的嘟嘟又變成一尾活龍，拚命在屋子裡到處衝撞，看起來非常開心。等跑累了，便乖乖趴在牠的專屬布墊上

呼呼大睡。

小光輕輕躺臥在嘟嘟身邊，看著牠睡得香甜的面容，嗅聞著牠身上香香的沐浴乳味，覺得自己緊繃的身軀也跟著漸漸放鬆了，舒暢的感覺像湖水一波波拍打著他，小光覺得很安心，因為嘟嘟就在身邊。

安心，是嘟嘟送給他的第三個禮物。

大器晚成

【外婆說典故】《老子‧第四十一章》

大方無隅，大器晚成，大音希聲，大象無形……

【小光聽明白】貴重的器物需要長時間才能完成。形容一個人的成就較晚。

【舉一而反三】大才晚成

【故意唱反調】少年才俊、英雄出少年

食指大動

食指，是美食的GPS。

半夢半醒之間，小光覺得臉上溼溼癢癢的，他伸手去抓，沒想到連手臂也跟著癢起來。小光睜開眼睛，一張毛茸茸的臉正對著他，紅潤的舌頭還帶著暖呼呼的熱氣。嘟嘟看見小光醒來，開心的舔著他的臉頰。

「呵！嘟嘟你好髒喔。」小光笑著躲開。

沒想到嘟嘟的攻勢又來，一陣陣的口水幾乎要把小光的臉淹沒了，小光一邊笑一邊起身，嘟嘟這時興奮的踏著步，還傳來嗚嗚的聲音，原來牠尿急，快要憋不住了。

小光趕緊跑去拉開房門，嘟嘟立刻像火箭一樣衝去花園，牠緊張的低著頭到處嗅聞，等選好一株小樹後，便抬起一隻後腳開始解放。

看著嘟嘟尿不停的模樣，小光開始為那株朱槿花默默禱告，希望不會被嘟嘟的尿淹死，那可是外婆種的花啊。外婆搬去快樂社區之前，還交代小光一定要好好照顧花園，等她回來的時候，就會有滿園盛開的紅花。

嘟嘟解放完之後，就是早餐時間。當小光從桶子裡舀出一杓杓乾狗糧時，嘟嘟的大眼睛似乎連眨一下的時間都沒有，牠專注盯著小光的手勢，彷彿那些不曾變化過口味的餅乾，就像山珍海味般可口。

嘟嘟喀啦喀啦的咬食著牠的早餐，小光也從餐桌上拿起最愛的紅豆麵包和牛奶，坐在嘟嘟的旁邊吃著。他一邊吃一邊看著窗外，清晨的陽光在枝葉間搖曳閃耀著，好舒服的時光啊。

這時，小光感覺到手上的紅豆麵包被拉扯，他低頭看，才發現紅豆麵包被嘟嘟偷偷啃去了大半，「可惡，你竟然偷吃我的麵包。」

小光連忙把紅豆麵包舉高，嘟嘟卻連做錯事的表情都沒有，一邊狼吞虎嚥的將證據吞下肚，一邊還緊盯著剩下的麵包。

看著嘟嘟虎視眈眈的樣子，小光覺得好氣又好笑，他忘記紅豆麵包也是嘟

嘟的最愛。曾經好幾次，小光以為把紅豆麵包藏好或放高一點，嘟嘟就沒辦法偷吃。沒想到，為了吃到紅豆麵包，嘟嘟不僅練就出像好鼻師一樣的功力，連桌子都敢爬上去呢。

「真是敗給嘟嘟了，牠的鼻子真厲害，就像誰的那隻手指頭，動一動，就知道好東西藏在哪裡。」光媽搖搖頭看著站在餐桌上的嘟嘟說。

「是『食指大動』的那隻手指頭。」外婆笑著回答。

「食指？」小光不解的看著自己的手指頭，「食指可以用來聞東西嗎？」

「古時候那隻食指可就厲害了。春秋時代，鄭國的大臣子公和子家去拜見靈公。這時子公的食指突然動了起來，他說：『每當我的食指動個不停，就代表有好吃的東西。之前去晉國，嚐到了石花魚的鮮味；後來去楚國，吃到了天鵝的美味，不知道今天會吃到什麼呢？』原來當天有人送了大甲魚給靈公，子公和子家聽到了便相視而笑。靈公問他們在笑什麼？兩人就把食指跳動的原因告訴靈公。等到靈公宴請賓客吃甲魚時，唯獨漏掉子公，還故意問他的食指有沒有在動？於是子公就把食指伸到靈公的碗裡，沾了一口湯汁放進嘴巴，生氣的說：

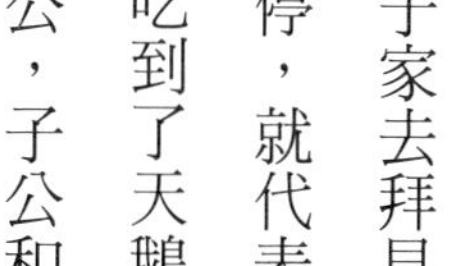

『我已經吃到甲魚了，誰說不靈。』這個故事就是『食指大動』的由來。」外婆說著故事。

「原來手指頭還可以當食物探測器啊！不過我覺得把手指伸到人家的湯裡，很不衛生，又很噁心。」小光想到那個畫面就受不了。

「小光……」忽然有人拉著小光高舉紅豆麵包的手。

小光轉頭一看，是爸爸，難道爸爸也要搶他的紅豆麵包？

「怎麼好好的床不睡，跑來店裡睡呢？」光爸問。

小光整個人清醒過來了，他發現自己滿臉口水、趴在榻榻米上，手中握的並不是紅豆麵包，而是那支湯匙。

當然了，外婆和嘟嘟也都不在這裡。

陽光啊，搶麵包的嘟嘟啊，講成語故事的外婆啊，一切都只是回憶。

像夢一樣的回憶，回憶一樣的夢。

小光靜靜的坐在門檻上，視線飄向了遠方，卻在陽光閃耀之間，似乎看見了一個熟悉的身影，白色的小小身軀，一動也不動的緊盯著唯一的目標，只要

有機會，就會不顧一切，躍出最完美的高度。

小光不禁微笑起來，原來，最愛紅豆麵包的嘟嘟，已經送給他第四個禮物——積極。

食指大動

【外婆說典故】《左傳．宣公四年》

楚人獻黿於鄭靈公，公子宋與子家將見，子公之食指動，以示子家，曰：「他日我如此，必嘗異味。」

【小光聽明白】比喻將有美味的食物可以吃。

【舉一而反三】垂涎三尺、垂涎欲滴

【故意唱反調】無動於衷、味如嚼蠟

車水馬龍

塞車了，車子和馬匹多到都擠在一起了。

「小光，還坐在那裡幹麼？再不快一點，又要遲到嘍。」光媽在後面大聲催促。

小光眨眨眼，光影中的嘟嘟消失不見了。他悵然若失的起身，準備回房間梳洗。

忽然匡噹一聲，原來是手中的湯匙不小心掉下去敲到門檻。小光彎下身子準備撿起湯匙的時候，耳邊傳來睏倦的細微聲：「誰？」

小光以為是自己聽錯了，不以為意，正當他把湯匙撿起來時，聲音又傳來：「原來是你，你打到我的頭了。」

小光睜大眼睛，沒想到這樣也能打開異空間？

「眼睛睜那麼大，要嚇人啊？」竟然是門檻在說話。

這次得來全不費工夫，小光立刻蹲下身子，「對不起，我不是有意要敲到你的……頭。」

小光看來看去，不知道這長方形的門檻，哪邊才算是它的「頭」。

「沒禮貌！你的眼神怎麼飄來飄去的，大人沒教你跟別人說話時，要看著對方才有禮貌嗎？」

「不是啦，我只是不知道要看哪裡？」小光趕緊解釋。

門檻的形狀就是一個長長的、在地面上突起來的東西，真的很難看出哪裡是頭、哪裡是身體。

「好吧！嘟嘟每次尿尿的地方就是我的頭；剛剛掉下來的湯匙，砸到的地方也是我的頭，這樣你明白了嗎？」

原來是這樣啊，小光趕緊轉向正確的方向，面對著門檻的「頭」。

「你這樣一直看著我，我會害羞的。」門檻說。

「可以請你帶我去找嘟嘟嗎？」小光誠心的說。

「找嘟嘟？我想想……」門檻回答。

小光耐心等待著，並且用眼尾餘光瞄著門檻附近，看看會有什麼東西忽然出現。

然而過了半晌，什麼事也沒發生，門檻還是門檻，一點變化都沒有。

「請問……」小光起先小聲喚著，卻沒什麼動靜，「請問……」小光再大聲一些，還是沒反應，「請問……」小光更大聲了。

「喂！你是要嚇死人啊？喊這麼大聲。」門檻沒好氣的說：「我是過夜生活的人，不太習慣這麼早起，真的很睏耶。」

原來門檻剛剛睡著了。

居酒屋的營業時間都是從黃昏到深夜，難怪門檻不能適應這麼早起床。

「呵……你剛剛說什麼來著？」門檻邊說邊打呵欠。

「我想請你帶我去找嘟嘟。」小光不好意思的說。

「找嘟嘟啊……」門檻的聲音又變小了。

小光以為門檻又睡著了，準備再度喚醒對方時，沒想到門檻的中間忽然裂

開，伸出一隻大手把小光緊緊拉進去……

「啊……」小光還來不及喊救命，就被眼前來來去去的馬匹、馬車等大陣仗給嚇住了，其中有一匹馬的腳還差點踩到小光，小光急忙縮起雙腳。

「你沒事吧？」年輕人問：「怎麼會站在馬路中間呢？很危險的。」

小光只覺得腦筋一片混亂，什麼話都說不出來。

「沒事就好。我先走了，你自己當心。」年輕人說完就轉身離開。

「謝謝。」小光大聲道謝。他看著年輕人漸漸遠去的背影，發現他走路一拐一拐的，右腳似乎不太方便，難道是剛才為了救他而拐到腳？

不知怎麼的，小光忽然想起嘟嘟了，嘟嘟偶爾也會這樣一拐一拐的走路。在嘟嘟還小的時候，有一次和小光玩得太激烈，結果一不小心，嘟嘟滑倒受傷，從此牠的右後腳就不太靈活。

小光一直覺得很愧疚，現在又看見年輕人走路的樣子，便趕緊追上前想跟對方道歉。

「這個啊？跟剛剛的事沒關係啊。」年輕人看著右腳，搔搔頭說：「據說是

我小時候貪玩弄傷的，我其實也記不太清楚了。」

這時，小光注意到旁邊的馬車差一點就擦撞到年輕人，急急的拉他一把。

「這裡的馬車怎麼會那麼多啊？害得大家都不能走路了。」小光邊說邊往旁邊挪動。

年輕人輕蔑的哼了一聲：「還不都是來找馬太后的親戚。」

「馬太后？」小光問。

「就是大將軍馬援的女兒，明帝時被冊封為皇后，等到太子繼任皇位後，便尊她為馬太后。」年輕人解釋。

小光記得馬援是東漢時的名將，這才知道自己來到了漢代。

年輕人接著說：「前些時日，皇上想分封官爵給太后的兄弟，但太后堅決不同意，她說：『我的兄弟，對國家並沒有立下什麼汗馬功勞，不需要賞賜他們什麼官位。』同時，她頒下詔書：『我雖然身為太后，但穿的是粗布衣裙，吃的不是山珍海味，身邊的人也沒有佩戴漂亮的飾品。我這樣做的目的是為了做好榜樣，讓親戚可以反省自己的奢華行為。可是，他們反而譏笑我太節儉了。前幾

天我路過娘家，看見去舅舅家拜訪的人、車子和馬匹，如同流水那樣往來不絕，像一條長龍似的。這些親戚只知道享樂，根本沒想到為國家做事，我怎能同意分封官爵給他們呢？』」

聽著年輕人說的故事，再看著眼前熱鬧的景象，像流水、長龍似的車子、馬匹，小光想起那不正是前幾天在成語故事書裡看到的插圖嗎？

「原來『車水馬龍』就是這個樣子啊。」小光覺得可以親身見證歷史場景，真是太酷了。

汪！汪！忽然從旁邊傳來狗叫聲，小光轉頭看，竟發現旁邊店家的門面設計，簡直就和自己家的居酒屋一模一樣。他不自覺走了過去，跨過門檻後，眼前的一切幾乎讓他不可置信。根本就是外公的居酒屋嘛！除了少了光爸和星野叔叔在料理檯忙碌的身影。

這時，店裡面的白色小狗汪汪叫著，像花蝴蝶一樣到處跟客人撒嬌，還趴在客人身上玩耍，逗得所有人都好開心，彷彿有牠在的地方，笑聲就特別大聲。

小光揉揉眼睛，想再看個仔細……

「嘟嘟。」小光激動的大喊。

小白狗忽然停住了，轉頭看向小光，才過一秒鐘，就像發現玩具一般，興奮的朝小光的方向奔來，順勢跳進小光的懷抱中。

小光緊緊摟著嘟嘟，相當開心，任憑嘟嘟將溼黏的口水抹得他滿臉。

自從認識嘟嘟之後，小光發覺只要嘟嘟在身邊，他的心就會很踏實、很快樂，彷彿再也沒有任何煩惱的事了。

原來，嘟嘟送給他的第五個禮物就是——快樂。

車水馬龍

【外婆說典故】《東觀漢記．外戚列傳．明德馬皇后》

前過濯龍門，見外家問起居，車如流水，馬如游龍。亦不譴怒，但絕歲用，冀以默止讙耳。

【小光聽明白】形容車馬絡繹不絕、熱鬧繁華的景象。

【舉一而反三】門庭若市、熙來攘往

【故意唱反調】門庭冷落、門可羅雀

驚弓之鳥

連箭都不用射，就可以把飛鳥打下來。

這時，從熱鬧的喝酒嬉鬧聲中，忽然傳來一個熟悉的聲音，小光仔細聽著，竟然是光媽的聲音。

「到底要我說幾遍？還在那裡拖拖拉拉的幹什麼？」光媽見到小光坐在門邊，大聲嚷著。

光媽的獅吼功，讓小光立刻清醒了。原來，他已經不在漢代的小酒館，而是回到外公的居酒屋。當然，懷抱中的嘟嘟也不見蹤影了。

好惆悵啊！小光覺得心裡悶悶的，為什麼只能在夢境般的地方擁抱嘟嘟，明明感覺十分真實，卻怎樣都無法將牠帶回現實生活中。

他和嘟嘟曾經一起生活在同一個世界啊。

小光輕輕轉動著手中的湯匙，從湯匙的表面映照出自己的臉，還有哀傷的眼睛。嘟嘟已經失蹤那麼多天了，卻沒有任何消息，難道……小光用力閉上眼睛，不允許自己再想下去，他不要那些可怕的感覺像鬼魅一樣纏住他。

然而，愈不去想，恐怖的想像愈撲天蓋地而來，小光幾乎快喘不過氣了。他努力甩頭，想把腦海中幾百種不好的念頭甩得遠遠的。

「小光怎麼啦？」光爸忽然出現了。

小光嚇了一跳，趕緊把手中的湯匙藏到木門和門檻間的縫隙，幸好沒有被發現。

光爸走到小光身邊，彎下身看著小光的眼睛，安定的眼神讓小光像抓住浮木一般，從黑暗的恐懼中看見了光明，混亂的感覺逐漸緩和下來了。

「怎麼滿臉都是汗？很熱嗎？」光爸伸手擦去小光臉上的汗滴。

小光搖頭，「爸爸，嘟嘟會不會已經死掉了？」

死亡是小光最大的恐懼，就像外公一樣，是一個永遠無法再見面的人。

「誰說嘟嘟死掉了？」光爸問。

「我以前聽人家說過，死掉的人都會回來探望他的親人。」小光說。

「你夢見嘟嘟回來找你了？」光爸繼續問。

小光差一點就說出口了，這幾天，他已經看過嘟嘟五次，而且每一次都是那樣真實的擁抱嘟嘟。

但是，他忽然想到，這幾次不都是時光鑰匙帶他去找嘟嘟的嗎？嘟嘟並沒有回來找過他。

「怎麼啦？表情怎麼那麼古怪，要哭要笑的？」光爸不解，「別想太多了，至少到現在，我們還沒有接到任何像嘟嘟的狗發生不幸的消息，千萬別讓自己成了『驚弓之鳥』。」光爸拍拍小光的肩膀。

「『進攻之鳥』？我只是很想念嘟嘟，但沒有想去攻擊小鳥啊？」小光急忙否認。

光爸噗嗤笑了出來，「是驚嚇的驚，彈弓的弓，誰說要進攻小鳥了？」

「那到底是什麼意思啊？」小光覺得有點糗，虧他還是班上的成語小老師。

「戰國時代，魏國的武將更羸是一個很厲害的射箭高手，有一天他陪魏王去

遊玩，看到天空中有鳥飛過，就對魏王說他不需要箭，只要一把弓，就能把鳥射下來。魏王不相信。誰知過了一會兒，東方飛來了一隻雁鳥，更羸把弓拉滿後放掉，嗡的一聲，雁鳥竟然掉下來。魏王很驚訝的問：『為什麼你可以這樣射鳥？』更羸解釋說：『因為牠已經受傷了。』魏王又問：『你怎麼會知道？』更羸回答：『這隻雁鳥飛得很慢，表示牠身上有傷；叫聲很淒厲，是因為牠趕不上前面的雁鳥，所以一聽到弓弦的聲音，就害怕得掉了下來。』後來的人就用『驚弓之鳥』來形容曾經受到驚嚇，一點動靜就會感到害怕的人。」光爸說著故事。

「我知道了，謝謝爸爸，我不會再胡思亂想了。」聽完故事，小光像吃了定心丸一樣，決定再也不要自己嚇自己

「好嘍，動作要快一點，免得上學遲到。」光爸拍拍小光的肩膀。

「嗯。」小光回答。

「對了，我們不是要幫嘟嘟蓋一間新房子嗎？」光爸又說。

小光用力點頭，只要把房子蓋好了，說不定他們不用去找，嘟嘟就會自己跑回來了。

驚弓之鳥

【外婆說典故】《戰國策・楚策四》

對曰：「其飛徐而鳴悲。飛徐者，故瘡痛也；鳴悲者，久失群也；故瘡未息而驚心未至也。聞弦音，引而高飛，故瘡隕也。」

【小光聽明白】形容曾受打擊或驚嚇，稍有動靜就害怕的人。

【舉一而反三】心有餘悸、疑神疑鬼

【故意唱反調】初生之犢、泰然自若

結草銜環

謝謝你對我的照顧，我一定要報答你。

小光走回房間時，忽然想到最重要的湯匙還藏在門邊，於是又偷偷折返回來。當他從縫隙中取出湯匙時，不小心碰到木門邊緣，發出叩的一聲。

「我以為你忘記了。」

聽到有人在說話，小光還以為又把門檻吵醒了，便趕緊往門檻的「頭」的方向看去。

「不是他，是我在說話。」聲音從上方傳來。

小光這才發現原來是木門在說話。

「你很想念嘟嘟吧。」木門的聲音聽起來很溫柔，「我也很想念牠。」

小光嚇了一跳，截至目前為止，被時光鑰匙打開的東西，感覺上都不太喜

歡嘟嘟。

「嘟嘟在你身上尿尿，你不生氣嗎？」小光小聲的問。

「說真的，我其實不太喜歡牠的尿騷味，不過我知道牠是在做記號，表示我是歸牠管的，哈哈。」木門解嘲的說：「通常都是我管別人，時間一到，門就關上了。」

「真是不好意思。」小光幫嘟嘟說抱歉。

「你準備好了嗎？」木門突然問。

「準備什麼？」小光還沒會意過來。

這時，門板上忽然浮現一個黑點，沒想到黑點竟然動起來了，漸漸的畫出一條黑線，等黑點回到起點，一個長形的黑色框框出現了。瞬間，咿呀一聲，框框竟然像門一樣被推開。

一道強烈的白光驟然射進，刺得小光只能閉上眼睛。

過了一會兒，小光睜開雙眼，發現自己站在草叢中，前方有個男人蹲著身子，正專心檢視著一堆堆的雜草叢。

「請問您在找什麼啊？」小光很好奇。

男人嚇了一跳，急忙起身回頭查看，嚴肅的表情和右手緊握住斜掛在身子左側的劍把姿勢，讓小光有些害怕。

「需不需要幫忙呢？」小光鼓起勇氣問。

男人狐疑的上下打量著小光，確定這個小孩並無惡意之後，便揮手表示不用，然後又蹲下身子繼續翻動草堆。

被拒絕的小光想轉身離開，卻沒料到腳下被雜草絆住，一個重心不穩，整個人向前撲倒在草堆中。

這時，忽然有人伸手將小光拉起來。

小光心有餘悸的起身：「謝謝你，我沒事。」

原以為是剛才那個很凶的中年男人，沒想到竟是另外一個人，在很近很近的距離，小光發現眼前的人是一個俊俏的大男孩，尤其是那雙有著長睫毛的眼睛，讓小光印象深刻，彷彿誰也擁有這樣一雙漂亮的眼睛。

「沒事就好。在這裡走路要小心，太大意的話是會摔斷腿的。」大男孩說。

小光低頭看了一下，想知道到底是什麼東西絆倒他，卻看到一個一個用雜草綁起來的結。

「是誰在這裡惡作劇啊？把草綁起來是很危險的。」小光覺得這種玩笑很無聊。

等他抬起頭的時候，大男孩竟然不見了，小光覺得納悶。

而前方，原本不太搭理小光的男人，聽見他這麼說之後，像是被雷打到一樣，立刻起身走到小光摔倒的地方。男人仔細檢視那一個個草結，「原來我作的夢是真的。」他恍然大悟的說。

「什麼夢是真的？」小光問。

男人卸下了心防，微微笑著：「我父親生前有個寵妾，在他過世之前、神智不清的時候，竟然下令讓這個寵妾殉葬。」看小光聽不太懂的樣子，男人解釋：「就是把人殺死，送進墓裡陪伴死去的人啊！這真是太殘忍了。但我父親生前神智清醒的時候，曾經吩咐過，要讓這個女孩改嫁，我遵從父親真正的遺命，把那個女孩改嫁了。結果，昨晚有個老人來到我的夢裡，說他是我父親寵妾的父

親，因為感念我、報答我，就在秦軍必經的路上把草打結，讓我可以活捉被絆倒的秦國大力士，並且打贏這場戰爭。我原本不相信，直到剛剛聽到你說被草結絆倒的事，我才明白這是真的。」

結草、報恩……小光低頭想著，彷彿在哪裡聽過這些事情。

「你是說老人……」當小光抬起頭時，發現男人竟然也不見了，而四周原本雜草叢生的地形，卻冒出一棵棵濃密的大樹。

小光完全被搞糊塗了，先前是兩個人忽然不見，然後又身陷在森林當中？

「黃雀？黃雀？」這時，附近傳來呼喚的聲音。

小光循著聲音往前找尋，只見樹下有個和他年紀相仿的小男孩，正抬著頭東瞧西瞧的，好像在找什麼東西。

「你在找什麼啊？」小光也跟著往樹上看。

小男孩嚇了一跳，但隨即恢復平常，「我在找一隻黃雀。」小男孩說。

「黃雀？」小光心想那應該是鳥的名字吧，雖然他根本就不知道黃雀長成什麼樣子，但還是很想幫忙：「為什麼要找黃雀啊？」

「前些日子，我在這棵樹下發現一隻受傷的黃雀，身上流著血，還爬滿了螞蟻，我不忍心，就把牠帶回家照顧。幸好這隻黃雀的生命力很強，等到完全康復後，昨天我將牠帶回這裡放走牠，希望牠可以平安回家。」小男孩解釋。

「黃雀遇到你真的很幸運。」小光很敬佩的說。

「可是說也奇怪，我昨晚作了一個夢，」小男孩撓撓頭：「夢見一個黃衣童子，說他是西王母的使者，為了感謝我的救命之恩，送來四只白玉環，保佑我的子孫的品德都能像玉環一樣潔白，並且當大官。」

怎麼又是在作夢？而且都是報恩的夢。

結草、報恩、玉環、報恩……瞬間，小光變得很激動，「我知道了，外婆說過這個故事，就是『結草銜環』。」

忽然，小光感覺到腳邊有個東西輕輕頂著，他低頭看，竟然是嘟嘟。搖著尾巴的嘟嘟，想把嘴裡叼著的布偶交給小光，那是牠最愛的玩具小羊。

小羊是小光送給嘟嘟的第一個禮物，這麼多年過去了，即使小羊的耳朵和眼睛已經不見，潔白的身體也變得灰灰舊舊，但嘟嘟還是把它當成寶貝，晚上

睡覺時一定要靠著小羊才會安心。而且最重要的是，只有小光才能碰它。

小光蹲下身子，緊緊的把嘟嘟和小羊抱在懷中，他終於明白嘟嘟為什麼只肯把小羊交給他。因為嘟嘟全心全意信賴著的，只有他一個人。

那是嘟嘟送給他的第六個禮物——信任。

結草銜環

【外婆說典故】

「結草」出自《左傳‧宣公十五年》

及輔氏之役，顆見老人結草以亢杜回，杜回躓而顛，故獲之。

「銜環」出自《續齊諧記》

其夜有黃衣童子向寶再拜曰：「我西王母使者，君仁愛救拯，實感成濟。」以白環四枚與寶：「令君子孫潔白，位登三事，當如此環矣。」

【小光聽明白】比喻至死不忘、感恩圖報。

【舉一而反三】感恩圖報

【故意唱反調】過河拆橋、忘恩負義

三家涉河

三隻小豬游過河，噗噗噗。

「真搞不懂你，為什麼可以在大門旁邊呆坐那麼久？」光媽一邊開車一邊叨唸著，因為今天上學又遲到了。

小光什麼話也沒說，腦海裡都是嘟嘟，他想把擁抱嘟嘟的感覺，記得更牢一些。幸好在第一節課鐘聲響起時，小光準時抵達教室。

沒多久，秦老師就走進來了，手中還抱著一大疊的作文本。

「起立、敬禮、坐下。」班長小魯大聲喊著。等全班就定位後，秦老師一臉認真的看著大家。

「等一下同學會拿到自己的作文，但是請大家一定要再看一遍自己寫的內容和老師幫你圈出來的錯字，每個人的家裡不是都有字典嗎？怎麼錯字還是那麼

多呢？」秦老師無奈的說。

同學們聽了都不好意思的低下頭，只有機車王吊兒郎當的表情沒變。

「唉唷，老師，沒關係啦，你不是要我們多看課外書嗎？大家都看完書，還寫讀書心得，這樣就很不錯了啦。」機車王安慰著老師。

秦老師搖搖手，「話可不是這樣說的喔，書是看完了，也寫了讀書心得，可是因為錯字的關係，有可能你想表達的是這個意思，但讀的人卻因為你的錯字而有了不同的解釋。」

「只是寫錯幾個字，但意思差不多啊。」機車王還是覺得沒什麼大問題。

「差太多了。比方有同學寫著：『我們要學會包容，不能一直挑湯別人。』」秦老師邊說邊在黑板上寫下「挑湯」兩個錯字，再把正確的「挑剔」二字寫在旁邊。

全班看了哈哈大笑，機車王則笑得最大聲：「挑什麼湯啊？玉米濃湯還是貢丸湯？」

「還有同學寫：『父母對孩子的愛是無線的。』」秦老師把錯字「無線」及正確的「無限」寫在黑板上。

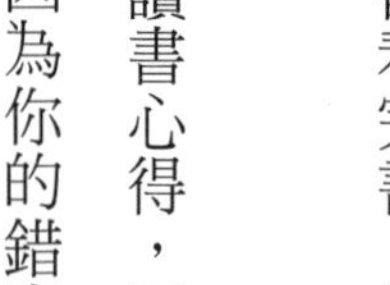

「哇，他的爸爸媽媽真好，還給他無線上網耶。」機車王覺得很羨慕。

「再來，誰可以告訴我『沒有朋友的人，真的會很清涼。』是什麼意思？」秦老師看著大家。

全班笑得東倒西歪，米其林怯生生的舉起手：「老師，是很『淒涼』。」

「哈哈！米其林你以為你在海邊喔。」機車王指著米其林大笑。

「王轍，不要笑別人，請告訴我，『我家只有我一個孩了，所以很辛服。』是什麼意思？」秦老師把機車王的三個錯字都寫在黑板上。

在一片竊笑聲中，機車王抓抓臉為自己辯解：「才錯三個字，又不算多。」

秦老師苦笑著：「兩句話就有三個錯字，已經算很多了。老師希望你們以後遇到不會寫或不確定的字，可以多查查字典，一筆一劃看清楚，不要再寫錯字了，否則真的會出現『三豕涉河』，讓人家笑我們。」

三豕涉河，秦老師在黑板上寫下這四個字。

「老師你也寫錯字嘍，是三家涉河吧？三戶人家一起過河。」機車王自以為很聰明。

秦老師微微一笑，轉頭看小光：「小光有沒有讀過這個故事呢？」

小光搖搖頭，他也是第一次看見。

秦老師看著大家，「孔子的學生子夏去晉國的時候，途中經過衛國，聽到有人在唸晉國史書裡的句子：『晉師三豕涉河』，意思是說晉國的軍隊帶著三隻豬渡過黃河。子夏覺得很奇怪，晉國軍隊為什麼要帶三隻豬過河？史書記載的應該是跟時間有關的事才對呀。後來他想了半天，猜想會不會是對方看錯字，因為『三豕』和『己亥』看起來很像，但意思完全不一樣，一個是三隻豬，一個是時間。等到了晉國之後，子夏向晉國人求證，答案果真是『晉國軍隊在己亥日渡過黃河』。」

「為什麼不能帶三隻小豬過河？小豬會游泳啊。」機車王陷入了想像之中。

「聽完這個故事，老師希望你們以後不要再出現像三隻豬過河這樣的錯字了。」秦老師語重心長的說。

這時，小光忽然想起以前帶嘟嘟去河邊玩的事，當時明知道嘟嘟怕水，卻因為貪玩而故意把牠一次次推進水裡，看著嘟嘟驚慌失措的表情，小光覺得好

笑，卻沒想過嘟嘟是真的很害怕。

如今，他才明白嘟嘟任憑自己捉弄牠，卻還是容忍著……因為，他們是最好的夥伴。

三豕涉河

【外婆說典故】 《呂氏春秋．察傳》

過衛，有讀史記者曰：「晉師三豕涉河。」子夏曰：「非也，是己亥也。夫己與三相近，豕與亥相似。」至於晉而問之，則曰晉師己亥涉河。

【小光聽明白】 形容文字訛誤或傳聞失實。

【舉一而反三】 烏焉成馬、魯魚亥豕

【故意唱反調】 字斟句酌

第四章

永遠和你在一起

大旱雲霓

都不下雨，快要缺水嘍。

晚上寫功課寫到一半的時候，小光看著湯匙出神了。他不明白，已經去過那麼多異空間，也看見嘟嘟和牠送的六個禮物了，為什麼嘟嘟還不回家？

小光拿著鉛筆咚咚咚的敲著自己的頭，希望可以敲出線索。當初外婆告訴他，這裡找不到，那就換另一個地方找；以及，不要忘記嘟嘟送的禮物……這些事他都做到了，但嘟嘟又在哪裡呢？

忽然，敲了半天的鉛筆停住了，原來他忘記問外婆到底要找幾個地方，以及要記得幾樣禮物才能找回嘟嘟，小光覺得自己很笨。

電視上不是都說集滿幾個瓶蓋或標籤，就能參加抽獎或是送獎品嗎？小光決定下次跟媽媽去探望外婆的時候，一定要問清楚。

而且，他要對外婆說一百遍的謝謝。要不是外婆的湯匙，還有她說過的那些成語故事，說不定他根本就沒機會再見到嘟嘟，甚至連嘟嘟教他的事情都不記得了。

畢竟，很多事錯過了，就過去了。

當然，重新認識居酒屋也是很重要的。這個小光從小成長的地方，原以為只是一間老得不能再老的老房子，沒想到竟然還藏了那麼多祕密在裡面。要不是嘟嘟失蹤了，要不是外婆給了他一把時光鑰匙，他可能永遠都不知道自己擁有的是一間神奇的居酒屋。

既然外婆給了他補救的機會，就不能輕易放過。夜裡，小光躺在床上耐心等待，努力和瞌睡蟲拔河，就在眼皮快要闔上的時候，居酒屋終於傳來大門扣上的聲音。

小光踮著腳輕輕走過去，拿著湯匙，在黑暗中拚命回想嘟嘟尿過的地方，最後，視線落在吧臺前面的長板凳。這張聽說比外公年紀還大的木頭長板凳，是外公的爸爸親手製作的，而外公也將它擺在居酒屋最明顯的位置，或許是當

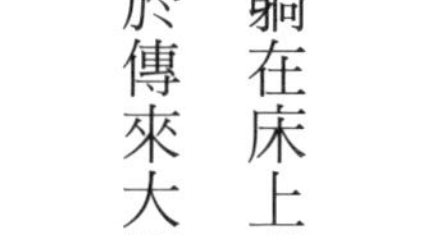

成一種紀念吧。

只不過，嘟嘟才不管長板凳有沒有意義，左右兩邊椅腳的寬度，剛好讓牠可以輕鬆舉起後腳尿尿。

叩叩。小光拿著湯匙輕輕敲著椅腳。

等了好一會兒，才聽見椅腳幽幽的說：「到底要不要回答你……」

「可以請你帶我去找嘟嘟嗎？」小光趕緊請求。

椅腳沒有回答他，過了一會兒，才自言自語的說：「到底要不要帶你去……」

「請帶我去！拜託！」小光懇求著。

再等了一會兒，「到底要不要接受你的拜託呢？」椅腳還在猶豫。

小光都快暈倒了，不是開口說話了嗎？為什麼還要考慮那麼久？

卻在瞬間，眼前忽然大亮，強烈的陽光狠狠晒在小光的身上，熱到整個身體都快燒起來了。腳下是一片乾涸的黃沙，放眼望去，除了幾株枯死的樹幹，什麼都沒有。

好熱啊，這裡是哪裡啊？小光覺得身體裡的水分快被蒸發光了，他好想念

冰冰涼涼的可樂。

完全失去方向的他，只想趕緊離開這裡，沒料到才走了幾步，腳下的黃沙竟然開始陷落。小光愈用力抬起腳，黃沙底下的力量就愈用力拉住他，而且，力量愈來愈大……

「救命啊！」才一下子，黃沙就已經淹過小光的肚子。

「手給我。」忽然出現一個沉穩的聲音，接著是一隻大手，緊緊拉住小光。就在黃沙即將蓋住小光胸膛的瞬間，陌生人終於將他拖離那個可怕的無底洞。

在鬼門關前撿回一命，兩個人都累得癱坐在沙地上，說不出話來。

等到身體恢復得差不多了，小光立刻對陌生人道謝：「謝謝你救我一命。」眼前的陌生人，眉宇之間有種令人熟悉的安定，雖然是第一次見面，但小光總覺得好像在哪見過似的。

「沒事就好，待會兒就先跟著我走吧，這裡流沙很多，會要人命的。」陌生人微笑著。

原來是流沙，沒想到竟然跟水裡的漩渦一樣可怕。

啟程後，小光跟在男人的身後走著，「你要去哪裡啊？」

「我要去找商湯，也就是商族的首領，懇求他拯救我們的部落。」男人說。

商湯？好熟悉的名字。「你們的部落怎麼了？」小光繼續問。

「都是因為當今夏朝的大王履癸暴虐無道，老百姓都快活不下去了。為此，當我們的族人聽說賢能的商湯正率領大軍征伐大王在東方的領地時，便要求我趕快去找商湯到西方拯救我們；如同商湯的軍隊在進攻南方時，北方的部落便抱怨為什麼不先去他們那邊。」男人說明了整個狀況。

「大家都想要商湯的軍隊趕快來，可見你們的大王真的很討人厭。」小光說。

「沒錯。被大王統治的地方，就像快被太陽晒乾的焦土，而商湯的軍隊則是即將來臨的甘霖大雨。」

焦土、大雨，小光想起了昨天才在成語故事中的「大」字類底下，讀過這個故事。

「原來這就是『大旱雲霓』啊！」小光恍然大悟。

忽然，眼前的一切消失了，小光發現自己跪在房間裡，而面前攤著他的月考成績單，一片滿江紅。

「你看你考的是什麼成績？全班才二十五個人，你考了第二十四名？我真的會被你氣死！」光媽拿著籐條生氣的說：「你自己說要打幾下？」

「三下。」小光說得很小聲。

就在光媽舉起籐條的瞬間，嘟嘟突然衝過來，擋在光媽和小光的中間，還發出低沉的警告聲，並露出森白的牙齒……

「嘟嘟走開。」光媽拿著籐條揮舞著。

沒想到嘟嘟竟然跳起來咬住籐條，死命的咬住，不讓光媽打小光。

小光呆住了，從來沒想過嘟嘟會保護自己。

原來，奮不顧身保護自己最重要的人，就是嘟嘟送給他的第七個禮物——勇敢。

大旱雲霓

【外婆說典故】《孟子・梁惠王下》

《書》曰：『湯一征，自葛始。』天下信之……民望之，若大旱之望雲霓也。歸市者不止……

【小光聽明白】形容很盼望的樣子。

【舉一而反三】如望時雨、大旱之望

衣不解帶

好忙啊！連換衣服的時間都沒有。

就在小光收到嘟嘟送的第七個禮物的瞬間，混亂的場面又消失了，他回到了居酒屋，安靜的空間讓小光覺得好孤單。

從小到大，在眾人面前總是安靜的小光，早已習慣獨來獨往，直到嘟嘟出現在他的生命中，也直到嘟嘟失蹤以後，他才明白牽掛的感覺。

小光看著長板凳，知道它不會再說話了，就像書桌、衣帽架、花瓶、門檻等等，那些曾經為他開啟異空間，讓小光有機會重新認識嘟嘟的老東西，彷彿在結束任務之後，又進入了永遠的沉睡之中。

就像一場夢，一場讓小光和嘟嘟重逢，卻又分離的夢。

然而，一而再、再而三的相聚又離散，讓小光覺得心很痛，「臭嘟嘟，為什

麼要讓我找得那麼辛苦？你乖乖待在家裡不就沒事了嗎？我已經找你找那麼多次了，為什麼你就是不肯跟我回家？」

小光愈想愈氣，「算了，你不想回家就算了。」他氣呼呼的把湯匙用力丟出去，匡噹一聲，正好打到角落的水缸。

「唉唷！干我什麼事啊？又不是我把嘟嘟搞丟的。古人不是說『不遷怒』嗎？」水缸抱怨著。

「對不起。」小光知道自己錯了，趕緊起身跟水缸道歉。

「還好我有練身體，下次不可以再這樣了，很危險的。」水缸訓誡著小光。

「看在你想念嘟嘟的份上，我就不跟你計較了。」水缸說。

「誰想牠啊，臭嘟嘟。」小光賭氣的說。

「不想牠啊！那我就沒什麼可幫忙的了。你忙你的吧，我要去睡覺了。」水缸樂得輕鬆。

「不要……」小光說得小聲。

「咦？有人在說話嗎？」水缸故意問。

「請你帶我去找嘟嘟。」小光大聲說。

「對嘛！幹麼這麼害羞呢？我又不是第一天認識你。」水缸取笑著。

這時，從水缸裡忽然濺出了大片的水花，噴得小光滿身是水，小光伸手抹去臉上的水珠後，才發現自己進入了一個陌生的房間，眼前的書桌上堆著一大疊的書冊，而書冊後面有人睜大眼睛瞪著他。

「你是誰？怎麼跑到我的書房？」陌生人一臉驚慌。

小光也嚇了一大跳，他趕緊解釋：「不好意思，我不是故意的……有水噴到我的臉……」

「水？我並沒有看到水。」陌生人說。

「有啊，我的衣服都溼……」小光指著自己的衣服，卻發現上面連一滴水珠都沒有。

「不要以為我一隻眼睛看不見，就隨便亂說話。」陌生人的聲音很嚴肅。

小光這才發現對方有一邊的眼珠看起來很混濁。

「對不起。」小光不知道該說什麼。

突然，有人敲門，一個看起來比小光年紀還大一點的男孩走進來，篤定的神情，讓小光覺得救兵來了。

「請大人息怒，我這就把他帶走。」男孩恭謹說道。

男孩邊說邊把小光推出門外，扣上房門後就拉著小光走到稍遠一點的地方。

確定沒事後，小光鬆了一口氣：「謝謝你，我真的不是故意闖進去的，大人看起來很生氣呢。」

男孩搖搖頭，「其實大人是很好的人，只是最近為老爺的事相當煩心。」

「老爺怎麼了？」

「老爺生了一種怪病，據說細微的聲音傳到他的耳朵後，會變成像轟隆隆的雷聲一樣，連大夫也檢查不出來是怎麼一回事。」男孩解釋著。

「整天都是噪音，真的會讓人受不了。」小光想像著。

「沒多久，老爺就一病不起了。為了找出病因，大人開始苦讀醫藥方面的書籍，只希望可以早日減輕老爺的痛苦。」

小光這才明白，原來那些堆疊在書桌上的書，都是兒子對父親的孝心。

「讀完那些書要很久吧。」

「不會太久的，據說大人小時候是神童，有著過目不忘的本領，長大後，連謝玄大將軍都很欣賞他，還封他當太守呢。」

謝玄？小光好像在哪裡讀過這個名字。

「沒想到你家大人這麼厲害。」因為讀書對小光而言，大都過目就忘。

「為了治療老爺的病，大人夜以繼日的苦讀醫書，還親自伺候老爺服藥，經常累到衣帶還來不及解開就睡著了，而他的一隻眼睛也因此漸漸失明了。」男孩感嘆的說。

衣帶還來不及解開……那不是才讀過的故事嗎？「原來大人就是『衣不解帶』的殷仲堪。」小光很興奮。瞬間，小光覺得屁股後面暖暖的，他回頭看，竟然是嘟嘟，牠也跟著擠在小小的椅子上。

「嘟嘟你去墊子睡啦，擠在這裡會摔下去的。」小光摸著嘟嘟的頭說。

嘟嘟抬頭看了小光一眼，搖搖尾巴後，又趴下去繼續夢周公了。

自從光爸說，只要小光能考進前二十名，就要釘一間狗屋給嘟嘟，這麼棒

的禮物，小光當然卯起來用功念書。只是不知怎麼的，嘟嘟竟然成了伴讀的小書僮，每天晚上乖乖陪著小光一起苦讀。

為了嘟嘟的狗屋，小光心甘情願演算著數學題目，原本無聊的數字都變得有意義了。為了心愛的人而努力……小光微笑的放下手中的鉛筆，他回頭看著睡夢中的嘟嘟，原來，這就是嘟嘟送的第八個禮物——付出。

衣不解帶

【外婆說典故】《晉書．殷仲堪傳》

父病積年，仲堪衣不解帶，躬學醫術，究其精妙，執藥揮淚，遂眇一目……

【小光聽明白】比喻辛勤不懈怠。

【舉一而反三】夙夜匪懈、夜以繼日

【故意唱反調】一暴十寒、半途而廢

圖窮匕見

只要把捲著的地圖攤開到最後，祕密就藏在那裡面。

「小光，你怎麼睡在居酒屋的地上呢？會感冒的。趕快起來，要去上學了。」光爸把小光搖醒。

小光迷迷糊糊睜開眼睛，熟悉的景物讓他確信自己又回到居酒屋了。

「對了，明天我們全家要一起去看外婆喔。」光爸說。

聽到要去看外婆，小光忽然清醒了，沒錯，只要見到外婆，就可以知道嘟嘟什麼時候能回來。

到了學校以後，小光心情很好的對著所有人微笑，看到機車王時，還主動跟他打招呼，異樣的舉動不僅讓機車王覺得怪怪的，連米其林都嚇了一跳。

「你怎麼啦？」米其林湊到小光身邊問。

「什麼怎麼啦？」小光不明所以。

「難道是你家那隻叫胖胖還是嘟嘟的笨……的狗，找到啦？」機車王不知從哪裡冒出來。

「牠叫嘟嘟。還沒找到。」小光說。

「是喔？那你怎麼看起來好像心情很好，跟之前陰陽怪氣的模樣都不一樣。」機車王不太相信，「還是你媽又幫你買了一隻新狗？」

「除了嘟嘟，不會再有其他的狗了。」小光說得明白。

「是嗎？」機車王一臉懷疑。

這時，上課鐘聲響起，秦老師走進教室。等到班長小魯喊完口令，秦老師請小光到臺上，依照慣例跟同學分享五分鐘的成語故事。

「大家好，我今天要分享的是『圖窮匕見』。」小光在黑板上寫下這四個字。

「圖窮七見？」機車王嚷嚷：「為什麼要見七次啊？八次、九次不行嗎？」

小光什麼話都沒說，在「匕」的旁邊寫下注音ㄅㄧˇ，在「見」的旁邊寫下ㄒㄧㄢˋ。同學們都竊笑著，只有機車王還在抱怨那是什麼怪字，為什麼要跟七長

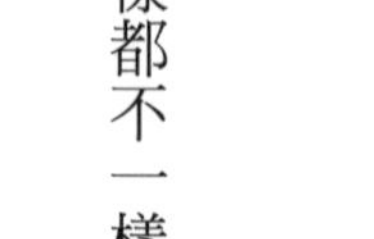

得那麼像。

「戰國末年，勢力最強盛的秦國不斷出兵攻打其他國家，在北方的燕國為了討好秦國，便將自己的太子交給秦國作為人質，但太子丹受不了秦國的侮辱而逃回燕國。太子丹為了對抗秦國也為了報仇，就請刺客荊軻去刺殺秦王。荊軻到了秦國之後，先送了價值千金的寶物給秦王的寵臣，請他幫忙在秦王面前說好話。秦王聽說燕國使臣帶來他最想要的地圖以及叛徒的人頭後，非常高興的接見他們。」

看到大家聽得很入神，小光覺得自己的辛苦沒有白費。

「荊軻捧著裝有人頭的盒子，他的幫手秦武陽捧著地圖，兩人恭敬的走到秦王面前。沒想到秦武陽緊張得直發抖，荊軻解釋秦武陽是鄉下人，見到秦王會害怕，並趕緊接過他手中的地圖說要獻給秦王。荊軻慢慢的將地圖展開給秦王看，到最後時忽然露出一把匕首。荊軻立即抓起匕首向秦王刺去，結果沒刺中，反而被秦王用劍刺傷大腿。最後，士兵把荊軻抓起來，亂刀砍死他。以上就是成語『圖窮匕見』的由來，形容事情發展到最後，露出真相的意思。謝謝。」小

光流利的說完故事，在同學熱烈的掌聲中回到自己的座位。

同學們聽得目瞪口呆，只有機車王像是不太滿意的舉起手：「我覺得這樣太笨了，應該先拿人頭去砸秦王，趁他嚇得半死的時候，再用匕首去刺他，這樣才會成功嘛。」

機車王的想法引發同學熱烈的討論，小光則安靜的打開鉛筆盒想拿鉛筆，卻在瞬間，他發現湯匙不在鉛筆盒裡面……

湯匙呢？小光很驚慌，他拚命回想最後一次拿湯匙是什麼時候，莫非是昨晚丟到水缸忘記撿起來了？

小光整天心神不寧，一遍遍告訴自己湯匙一定還在，不會丟的。好不容易捱到放學，他立刻衝回家去，趴在水缸附近的地上到處查看。

「你在找什麼啊？」星野叔叔一邊擦著碗盤，一邊好奇的問。

「湯匙……我在找一支湯匙……」小光真的很著急。

「湯匙？你是說那支舊舊的湯匙嗎？我下午打掃的時候有掃到一支，看起來很髒了，我想居酒屋還有新的，就把它連垃圾包在一起，丟給垃圾車載走了。」

星野叔叔說。

丟給垃圾車載走了……小光整個人呆住了，幾乎快要站不住。

忽然，他想到今天才說過的「圖窮匕見」這個成語。嘟嘟失蹤後，他是那麼努力的在時光地圖中尋找牠，並且一關一關的找到嘟嘟送給他的禮物，可是，地圖都還沒攤展到最後，引領他往前的鑰匙卻不見了……

圖窮匕見

【外婆說典故】 《史記．刺客列傳．荊軻》

軻既取圖奉之，發圖，圖窮而匕首見。因左手把秦王之袖，而右手持匕首揕抗之。

【小光聽明白】 比喻事情發展到最後，露出真相或本意。

【舉一而反三】 東窗事發、露出馬腳

生離死別

可不可以永遠在一起，永遠不要說再見？

一整夜，小光被好幾個怪夢糾纏住。一下子他看見嘟嘟出現又消失了；一下子他發現自己被水缸、書桌、衣帽架、花瓶、門檻團團圍住，逼問他為嘟嘟做過什麼事；一下子又看到那些出現在異空間中，跟他說過話或救過他的人，他們的身形漸漸合一，竟然變成了嘟嘟，而他們身上每一種熟悉的感覺，都是嘟嘟獨有的……

好不容易捱到天亮，光媽搖醒小光，準備出門去看外婆時，他才從惡夢中脫身。

只是，小光雖然清醒了，那些怪夢卻依然盤旋在腦海中揮之不去，難道跟遺失的湯匙有關嗎？

一路上，光爸安靜的開車，光媽不發一語的看著前方，小光則悶悶的坐在後座，整個氣氛顯得很詭異。

「小光，等一下看到外婆，不管發生什麼事，一定要記住，她永遠是你的外婆，知道嗎？」媽媽忽然說話了。

「外婆怎麼了？」小光很緊張。

「醫生說外婆的病變得更嚴重，幾乎不認得人了。」光爸的聲音很感傷。

小光這才明白，為什麼這幾天看到媽媽都是心事重重的樣子，偶爾還流著眼淚。但他一直沒問媽媽怎麼了，嘟嘟失蹤就夠他煩惱了。

到達快樂社區之後，光爸去找醫生詢問狀況，光媽則帶著小光去找外婆。

「咦？你們來找誰呀？」外婆打開房門，看著他們母子倆的眼神十分陌生。

「媽，我是阿如，我帶小光來看你了。」媽媽喚著外婆。

「外婆，我是小光，您的孫子小光啊。」小光大聲說，他記得以前媽媽都是這樣喚醒外婆的記憶。

外婆仔細瞧了他們好一會兒，還是搖搖頭說：「你們找錯人了吧，我不認識

你們！要不要去問一下警衛，看看你們要找的人住在哪一間？」

「外婆，我是小光啊，您看看我……」小光踮起腳，想讓外婆看得更仔細。

外婆卻向後退了幾步，警戒的看著他們：「你們到底想幹什麼？跟你們說找錯人了嘛，走開走開。」外婆揮揮手，想把房門關上。

小光用手抵著門，「外婆，您不認得我了嗎？我是小光、小光啊！」

「你們再不走，我要叫警衛了，來人啊！」外婆看起來很驚慌的樣子。

光媽趕忙將小光拉進懷裡，就在那一瞬間，「砰」的一聲，外婆用力的把門關上。

感覺就像被打了一巴掌似的，光媽忍不住哭了出來。走廊上經過的人好奇的望向他們，光媽愈哭愈傷心，鬆開小光，衝進了廁所。

小光一個人杵在那兒，從沒感覺過自己這麼慌張，身體裡面空空的。其實，他想過年歲已大的外婆，有一天會生病，甚至會像外公那樣，離開這個世界。但是，他從來沒想過，有一天外婆竟然會不認識他，不記得他了。不管他怎麼喊，都沒有用。外婆真的完全忘記他了。

叩叩！他輕輕敲門，叩叩叩！

外婆的門開了一個小縫，小光看見外婆的半張臉，「你這個小孩怎麼還不走？」外婆不高興的說。

「外婆……我只要問您一件事情，一件事就好。」小光發現自己全身好像有些顫抖。

「我已經說過很多次了，我不是你的外婆。你找錯人了啦。」外婆還是堅持著。

「外婆，您給過我一支湯匙……」小光終於說出口。

外婆的門開得更大一些，「湯匙？我給過你湯匙喔？」

小光指著櫃子，那個外婆曾經打開給他看的抽屜。

「你怎麼知道我這裡面有湯匙？」外婆一邊問一邊將門全部打開，讓小光走進來。

「您說那支湯匙可以幫我找到嘟嘟，嘟嘟是我的狗，牠不見了。」小光說。

「用湯匙找狗？這怎麼可能？」外婆搖搖頭。

「那支湯匙真的帶我見過幾次嘟嘟。」小光很認真的看著外婆。

看著小光漲紅的臉，外婆終於心軟了，「好啦好啦，既然你要湯匙，給你就是了，反正我吃飯也用不到那麼多支。」

當外婆轉身打開抽屜時，小光的目光也跟著往抽屜裡看，他呆住了，裡面擺滿了各型各款的舊湯匙。外婆隨意挑了其中一支已經破損的陶瓷湯匙給小光，「你要這個是不是，拿去吧，快去找你的外婆吧。」

外婆說完就打開房門，把小光推了出去，然後砰的一聲，又把門關上了。

小光看見站在門外的光媽，她的眼睛又紅又腫。小光舉起手中的湯匙給光媽看，「外婆，外婆雖然不記得我，可是，她送我一支湯匙。」

光媽低頭看著小光，哽咽的說：「醫生說，外婆的病情已經讓她……永遠忘記……我們了。」光媽說著又哭了。

小光抬起頭看著光媽，眼睛亮亮的，「媽媽，外婆忘記我們沒關係，只要我們一直陪伴著她就好了。她什麼都不記得也沒關係，我們可以慢慢的說給她聽啊，就像我小時候，外婆慢慢的說故事給我聽……」

光媽緊緊的、緊緊的抱住小光，「你說得很對，我們會陪在外婆身邊的。」

回家途中，小光搖下車窗吹著風，忽然，他想起從前的某一天黃昏，外婆和他坐在家裡的長廊上，一邊吃西瓜一邊說故事的往事。

「南朝時候有個名叫徐陵的人，是個很有名的作家，幾乎所有的達官貴人都收藏著他的作品。當時發生了一場激烈的戰爭，徐陵的父親來不及逃走，被圍困在京城裡斷了音訊。徐陵非常著急，卻也只能苦苦等待。直到局勢稍微平穩後，徐陵終於得到父親的消息，才知道他被囚禁在叛軍的手裡。為了救出父親，徐陵寫了一封信給當時的宰相，信中傾訴了骨肉分離的痛苦，希望宰相可以幫忙救他的父親。這封信裡就寫到了『生離死別』這四個字，後來的人就用它來形容活著的分離與死亡的永別。」外婆述說著故事。

「我不喜歡分離。」小光邊說邊剝一小片西瓜給嘟嘟吃。

甜甜的西瓜讓嘟嘟吃完還意猶未盡的舔著小光的手心，搔癢的感覺讓小光呵呵笑著。

外婆微笑著看著小光和嘟嘟，「我們在這個世界上，一定會遇到必須要分離

的時候，活著分離和死後訣別，都會讓我們很悲傷。不過，『生離』比『死別』好一些，『生離』就表示還有希望和對方重逢，但『死別』就意謂著這輩子再也沒有機會見到對方了。所以我們一定要記得彼此相伴的時刻。」

小光當時不太明白外婆的意思，此刻，卻澈底明白了。

他知道，雖然此時此刻的外婆已經忘記他了，但外婆說過的故事，卻成為一種永恆的陪伴，陪著他長大，陪著他在孤獨時給他充足的力量。

他還知道，雖然嘟嘟已經失蹤一段時間了，但是牠送的那些禮物，也是一種溫柔的陪伴，陪著小光成長，陪著他學會珍惜擁有的一切。

小光決定，以後換他說故事給外婆聽，像《一千零一夜》的故事那樣，一直說故事給外婆聽。而嘟嘟，只要不放棄尋找，還是有希望可以重逢的，不是嗎？

更何況，小光相信嘟嘟送他的禮物還有很多很多，因為牠是胖嘟嘟，就像胖胖的聖誕老公公一樣，無論有沒有辦法再去異空間，他一定能找到的。

所以，他沒有失去外婆，也沒有失去嘟嘟，只要他記得他們，他們就永遠陪伴在他的身邊。小光低頭看著握在手中的湯匙，不知道為什麼，眼淚突然掉

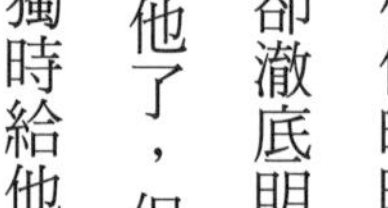

落下來。一顆接著一顆，怎麼都停不住。

他抬頭望向窗外，淡淡的陽光，就像送外婆去快樂社區那天一樣，外婆坐在身邊，握著他的手；嘟嘟坐在腿上，倚靠著他，真是好幸福的時刻啊！

他將臉轉向窗口，讓風把滴落臉龐的眼淚慢慢吹乾。

生離死別

【外婆說典故】《陳書．徐陵傳》

況吾生離死別，多歷暄寒，孀室嬰兒，何可言念。

【小光聽明白】意指生時的分離與死亡時的永別。

【舉一而反三】死生契闊、動如參商

【故意唱反調】朝夕相會、日夜共處

附錄

成語錄

【送給嘟嘟的成績單】

聞雞起舞：比喻把握時機，奮起行動。

山雨欲來風滿樓：形容事情發生前的徵兆或氣氛。

樂極生悲：歡樂到了極點，往往會轉生悲哀。

方寸已亂：形容心緒很亂的樣子。

風吹草動：風吹起，草木搖動。比喻輕微的變化。

鐵石心腸：比喻意志堅定，不輕易動搖。本來是讚美的話，後來形容人沒有同情心。

獨當一面：形容可獨力擔當一方的重任。

【外婆的時光鑰匙】

柳暗花明：比喻在曲折艱辛之後，忽現轉機的意思。

一去不返：形容人離去之後音訊全無，或事物消逝無影無蹤。

老馬識途：有經驗的人，對情況比較熟悉。

切膚之痛：比喻極為深刻難忘的感受與經驗。

不屈不撓：意志堅定，不因為受阻礙而屈服。

盲人摸象：比喻觀察事物以偏概全，不能了解真相。

小心翼翼：形容舉止非常謹慎，不敢懈怠疏忽。

【嘟嘟的隱藏版禮物】

愚公移山：比喻努力不懈，堅持到底。

笑裡藏刀：比喻外貌很和善，內心卻陰險狠毒。

一見如故：形容第一次見面就和樂融洽，像老朋友一般。

物以類聚：形容性質相近的東西常聚集在一起。

甘之如飴：比喻樂於承擔艱苦的事，或處於困境卻能甘心領受。

千金一笑：比喻美人的笑容是很珍貴的。

大器晚成：形容一個人的成就較晚。

食指大動：比喻將有美味的食物可以吃。

車水馬龍：形容車馬絡繹不絕，熱鬧繁華的景象。

驚弓之鳥：形容曾受打擊或驚嚇，稍有動靜就害怕的人。

結草銜環：比喻至死不忘、感恩圖報。

三家涉河：形容文字訛誤或傳聞失實。

【永遠和你在一起】

大旱雲霓：形容很盼望的樣子。

衣不解帶：比喻辛勤不懈怠。

圖窮匕見：比喻事情發展到最後，露出真相或本意。

生離死別：意指生時的分離與死亡時的永別。

張曼娟學堂系列 009

張曼娟成語學堂 II

胖嘟嘟

策　　劃｜張曼娟
作　　者｜高培耘
策劃協力｜吳信樺
繪　　者｜林小杯

責任編輯｜李幼婷
特約編輯｜蔡珮瑤
視覺設計｜霧室
行銷企劃｜陳雅婷

發行人｜殷允芃
創辦人兼執行長｜何琦瑜
副總經理｜林彥傑
總監｜林欣靜
版權專員｜何晨瑋、黃微真

出版者｜親子天下股份有限公司
地址｜台北市 104 建國北路一段 96 號 4 樓
電話｜（02）2509-2800　傳真｜（02）2509-2462
網址｜ www.parenting.com.tw
讀者服務專線｜（02）2662-0332　週一～週五：09:00~17:30
讀者服務傳真｜（02）2662-6048
客服信箱｜ bill@cw.com.tw
法律顧問｜台英國際商務法律事務所 · 羅明通律師
製版印刷｜中原造像股份有限公司
總經銷｜大和圖書有限公司　電話：（02）8990-2588

出版日期｜ 2017 年 7 月第一版第一次印行
　　　　　 2021 年 4 月第一版第八次印行
定　　價｜ 320 元
書　　號｜ BKKNA009P
ISBN ｜ 978-986-94737-9-8（平裝）

訂購服務
親子天下 Shopping ｜ shopping.parenting.com.tw
海外 · 大量訂購｜ parenting@cw.com.tw
書香花園｜臺北市建國北路二段 6 巷 11 號　電話（02）2506-1635
劃撥帳號｜ 50331356 親子天下股份有限公司

立即購買 >

有聲故事書

國家圖書館出版品預行編目 (CIP) 資料

胖嘟嘟 / 高培耘撰寫 ; 林小杯繪圖. -- 第一版.
-- 臺北市 : 親子天下, 2017.07
200面 ; 17×22公分. -- (張曼娟成語學堂 II ; 1)
(張曼娟學堂系列 ; 9)
ISBN 978-986-94737-9-8(平裝)
859.6　　106007544